TROIS GOUTTES DE SANG

87, quai Panhard-et-Levassor – 75647 Paris Cedex 13
ISBN : 978-2-0812-4035-3

MARTINE POUCHAIN

TROIS GOUTTES DE SANG

Flammarion Jeunesse

« Le travail est de l'amour rendu visible. Et si vous ne pouvez travailler avec amour mais seulement avec dégoût, il vaut mieux abandonner votre travail et vous asseoir à la porte du temple et recevoir l'aumône de ceux qui œuvrent dans la joie. Car si vous faites le pain avec indifférence, vous faites un pain amer qui n'apaise qu'à moitié la faim de l'homme. »

Khalil Gibran, *Le Prophète*

Un

C'est un saccage.

Réveillée par l'odeur de la fumée, Élisabeth est aussitôt accourue et jette une couverture sur les flammes pour éviter que le feu ne se propage à toute l'habitation.

L' in-octavo gît, à demi brûlé, sur le plancher de l'atelier.

L'enluminure sur laquelle elle s'appliquait la veille ainsi que quelques fragments d'une écriture soigneusement calligraphiée se laissent encore deviner sur le parchemin roussi.

« ... Perceval, au petit jour,
s'était levé comme à son habitude,
car il était en quête ... »

Cinq grandes journées de travail viennent de partir en fumée : les derniers in-octavo avant la reliure et la remise du manuscrit ! Les couleurs sont renversées, les calames et les pointes brisés, et les plumes, brûlées elles aussi. Le livre ne sera pas prêt à temps et la prime de cent cinquante livres d'argent offerte au vainqueur va lui échapper. Pire encore : elle ne deviendra pas l'escrivain[1] attitré du comte de Montaigu.

Élisabeth le Cauélus, secouée de tremblements, ne parvient pas à pleurer. Tant de méchanceté la laisse chancelante. D'incompréhension, de colère. Une seule pensée désormais lui martèle les tempes. Qui a pu faire une chose pareille ?

La jalousie a pu motiver un tel geste, mais nul en cette ville n'est au courant de ce qu'elle est en train de faire puisqu'elle œuvre en secret et l'a dissimulé jusqu'à sa propre famille.

Une maladresse alors ? Mais personne n'a accès à son atelier en dehors de... Oui, bien sûr ! Le mal a pu être fait par quelqu'un qui ne mesurait pas la portée de son geste. Par exemple Félix, le petit frère farceur et insolent avec lequel elle s'est disputée la veille. Félix si facétieux quand elle a tant besoin de concentration. Hier, il a lancé le fouet de sa toupie près du lutrin alors qu'elle lui avait demandé à cinq ou six reprises d'aller jouer ailleurs. Élisabeth était tendue, nerveuse. Il ne restait plus que sept jours

1. Escrivain : copiste, qui ne fait donc que recopier des manuscrits existants.

avant la date fixée pour la remise du manuscrit et elle travaillait du lever du soleil à son coucher, en dépit des injonctions de sa mère.

« Va prendre un peu l'air. Va-t'en donc respirer autre chose que tes encres ! »

Elle avait raison. Élisabeth était comme un arc tendu depuis qu'elle avait entrepris la rédaction de ce livre. Mais elle ne pouvait se permettre d'échouer. L'enjeu était trop important et aucun Félix au monde ne pourrait la détourner de son but. La jeune fille avait donné un coup de pied, et la toupie était tombée dans la cage d'escalier juste dans le seau de colle de l'atelier. Félix était descendu en hurlant et Élisabeth n'y avait plus pensé. Mais lui ?

« C'est toi ? C'est toi qui as brûlé mon livre ? Réponds ! demande-t-elle à son petit frère tout juste sorti du sommeil en le secouant jusqu'à ce que sa mère s'interpose.

— Il n'a pas pu faire une chose pareille, réfléchis voyons !

— Alors qui ? Qui a pu s'introduire ici sans que personne s'en aperçoive ?

— N'importe qui, répond Bertrade en bâillant.

— Voilà ! C'est exactement ça ! Et à qui la faute si n'importe quel individu peut s'introduire dans mon atelier sans que personne ne le remarque ? Combien de fois faudra-t-il que je vous le répète à tous tant que vous êtes de mettre la barre à la porte ? »

Dame le Cauélus console le petit qui s'est mis à pleurer et se tourne vers sa fille.

« Élisabeth, il faut te calmer maintenant. »

Mais comment se calmer quand un individu de la pire espèce a détruit le fruit de son travail ?

« Qu'on me l'amène celui qui a fait ça et je vais lui montrer ce que je pense de lui ! » songe-t-elle.

Puis, accablée, elle se sermonne intérieurement :

« C'est ma faute, oui, c'est ma faute. Dieu m'a soufflé de dormir près du lutrin et je ne l'ai pas fait. J'aurais dû m'en remettre à lui. »

« J'aimerais savoir ce qu'il a de si particulier ce livre pour te mettre dans un tel état ? hasarde Dame le Cauélus.

— Un livre est toujours particulier, lui répond sa fille avant d'ajouter plus bas : te rends-tu compte du temps qu'il faut pour remplir huit feuillets ? Ceux-là étaient presque achevés ! Mais tu es exaucée, je vais pouvoir me reposer maintenant, parce que je ne pourrai jamais finir dans les délais !

— Je conviens qu'un tel acte est impardonnable mais tu sembles en faire une question de vie ou de mort. Les commandes sont rarement à un jour près.

— Eh bien celle-là est à un jour près ! »

Élisabeth se laisse tomber sur le banc. Sa mère pense qu'elle travaille à une commande ordinaire. Le secret est bien lourd à porter ce matin. Mais qui alors, si ce n'est Félix ?

« Il faudra mettre la barre sur la porte cette nuit et fermer celle qui donne sur le jardin », marmonne-t-elle sans conviction.

À quoi bon maintenant ?

Au même moment, on entend toquer joyeusement au volet.

« C'est Lambert ! » s'exclame Coline, la plus jeune sœur d'Élisabeth.

Lambert le Secq est amoureux d'Élisabeth et il a l'habitude, sur le chemin de son atelier, de donner trois coups légers sur le volet. Il n'attend pas de réponse. Il manifeste seulement sa présence pour faire savoir à la jeune fille qu'il pense à elle. Il faut dire qu'il n'a guère d'occasions de la voir. Elle travaille beaucoup. Beaucoup trop. Avec sa mère et ses sœurs à la parcheminerie. Et le soir, quand il repasse, elle est à l'étage où elle fait Dieu sait quoi et refuse de descendre. C'est tout juste s'il parvient à l'emmener manger quelques beignets parfois quand sonne sexte[1].

« Elle étudie, l'excuse Dame le Cauélus.

— Tu as de la chance d'avoir un amoureux », déclare Bertrade rêveuse.

À quatorze ans, la cadette d'Élisabeth tombe amoureuse deux fois par jour, mais jamais encore elle n'est parvenue à tourner la tête d'un garçon.

1. Sexte : office de midi.

« Et en plus, il est beau… » gémit Bertrade.

Bertrade pense que son aînée a de la chance. Elle a toujours eu de la chance et elle a toujours été la préférée. Autrefois, elles jouaient ensemble. Mais plus maintenant. D'ailleurs, Élisabeth préférait jouer avec les garçons. Elle a toujours fait sa fière, son intéressante. Et depuis que leur père est mort, elle s'imagine Dieu sait quoi. Qu'elle peut le remplacer peut-être ? Qu'elle a tous les droits parce qu'elle est l'aînée ? Mais elle n'est qu'une fille ! Lambert est amoureux d'elle. Encore la chance ! Il est beau et gagne de quoi satisfaire tous ses désirs. Mais Élisabeth n'a pas de désirs. Elle est affreusement raisonnable et ennuyeuse.

Aymon aussi est amoureux d'elle. Faut-il être ennuyeuse pour que les garçons vous regardent ? Bertrade n'est pourtant pas vilaine, et elle ne demande que ça : se marier, tandis qu'Élisabeth, elle, ne pense qu'à son travail. Mais Bertrade n'est pas dupe. Elle sait bien que sa sœur enlumine. Elle est montée à son atelier quand elle n'était pas là et elle a vu qu'elle faisait un livre sur Perceval à cause du défi du comte de Monte… Monte quelque chose… Élisabeth est belle et elle a du talent, c'est injuste. Pourquoi Dieu lui a-t-il tout donné sans rien laisser aux autres ? Même leur mère est émerveillée devant elle.

Bertrade aimerait bien qu'on l'admire. Elle sait broder et préparer les bugnes, et le pâté de hérisson, et la pâte de coing. Et elle sait lire aussi, et réciter des poésies et... ce sont des choses qui comptent pour un homme.

Élisabeth ne sait rien faire de tout ça. Si bien sûr, elle sait lire, mais sans sa mère et ses sœurs, elle serait déjà morte de faim. Le mieux serait qu'elle réussisse le concours, qu'elle devienne la copiste du comte et qu'elle s'en aille ! Bertrade aimerait tant que sa sœur parte. Mais si elle devenait la copiste du comte, leur mère l'admirerait encore davantage. Élisabeth aurait beau être loin, elle deviendrait une sorte de sainte.

Ce qu'il faudrait c'est qu'elle épouse Lambert et cesse de dessiner. Un maître verrier, ça voyage beaucoup, bon débarras ! Mais pourquoi s'arrêterait-elle de dessiner ? Elle aime tant ça. Elle n'arrêtera que lorsqu'elle sera dans l'incapacité de le faire. Il faudrait, par exemple, qu'il lui arrive quelque chose. Bien sûr, Bertrade ne le souhaite pas. Elle ne veut pas lui faire de mal. Enfin, pas trop. Toujours est-il que voilà son travail gâché. Pour une fois que les choses ne tournent pas à son avantage. C'est bien fait pour elle.

C'est mon sang qui coule
c'est ma peau qui brûle
c'est ma vie qui s'évanouit en volutes grises.
Le sait-il, celui qui a fait ça ?
Sait-il que ce parchemin où j'étire mes mots
et mes couleurs me donne vie ?
Le noir des mots, le bleu du ciel, le vert
et le rouge
le rouge.

Deux

« C'est… c'est… scandaleux ! » marmonne Élisabeth qui remonte en courant la rue de la montagne Sainte-Geneviève pour calmer sa rage.

Si seulement elle pouvait retrouver l'incendiaire et lui dire ce qu'elle pense de lui et… le frapper ! Non, pas de le frapper. À quoi bon ?

Essoufflée, elle ralentit son allure en arrivant au milieu des vignes frissonnantes de rosée.

Dans le clos du Chardonnet qui s'étend largement à l'est et le clos Garlande à l'ouest, des corneilles matinales fourragent la terre fraîchement sarclée dans l'espoir d'y dénicher quelques vers, tandis qu'au faîte d'un chêne, un merle emplit l'air d'un mélodieux ramage. Mais sa virtuosité ne peut venir à bout de la colère de la jeune fille dont l'unique et ombrageuse pensée a la forme d'un in-octavo brûlé.

« … tu sembles en faire une question de vie ou de mort. »

C'est vrai. Élisabeth est excessive. Élisabeth n'est pas comme les autres filles de son âge. Elle a toujours su qu'elle n'était pas comme les autres. Elle en a souffert au début, puis elle s'est habituée.

Bien des filles de seize ans ont déjà un amoureux où se sont installées en ménage, tandis qu'Élisabeth passe la plus grande partie de ses jours penchée sur un lutrin. C'est sa raison de vivre. C'est aussi sa récompense quand elle a fini d'aider sa mère au dur métier de parcheminier. Un métier d'homme qu'il a bien fallu prendre à pleines mains lorsque son père les a quittées, au début de l'été dernier. Le vide qu'il a laissé, Élisabeth ne l'a pas mesuré tout de suite. Il y avait tant à faire. Mais aujourd'hui, alors que presque un an s'est écoulé, il lui manque plus que jamais, même si l'ouvrage, lui, ne manque pas.

Dame le Cauélus n'a pas eu d'autre choix que de poursuivre l'activité de son époux. Il lui fallait bien nourrir ses quatre enfants, et les lessives qu'elle faisait jusqu'alors n'y auraient pas suffi. Toutes les femmes de la maisonnée s'y sont mises : Élisabeth, Bertrade, et Coline qui n'avait que neuf ans quand son père est mort, dix aujourd'hui. Le petit dernier, Félix, est le seul à être encore écolier. Il a sept ans.

Chaque jour, il faut aller chercher les bottes de parchemin chez le mégissier en faisant plusieurs voyages quand leur père n'en faisait qu'un, car trente-six peaux pèsent lourd à l'épaule d'une femme, les herser, les poncer, les rincer, les tendre à nouveau, et enfin les polir longuement jusqu'à obtenir une surface souple et blanche prête à recevoir les arabesques des copistes.

Élisabeth travaille le matin avec ses sœurs et consacre l'après-midi à copier et enluminer. Petite fille, elle avait longuement rôdé dans la rue voisine de la leur : la rue des Enlumineurs. Le mot *enlumineur* lui-même, du latin *illuminare,* mettre en lumière, l'avait aussitôt conquise.

Aucun de ces hommes absorbés par leur tâche n'avait pris garde à l'enfant silencieuse dont le regard avide suivait le pinceau mêlant l'oxyde de cuivre ou la garance à la gomme arabique ou au blanc d'œuf, puis coiffant le papier de lumineux éclats. Élisabeth guettait le mot latin naissant sous l'habile calame, s'émerveillait à la vue des anges, démons, et autres animaux légendaires jaillissant au creux de lettrines dorées.

Son père, que son enthousiasme ravissait, lui avait fourni ses premières poudres de couleur. La jeune fille s'était révélée habile au dessin, inventive même, puis, ayant appris à écrire, elle avait voulu calligraphier. Elle s'était contentée au début de copier les légendes colportées à la veillée, puis y avait fait des ajouts de son cru, modifiant le nom des personnages au gré de sa fantaisie, et parfois même la fin de l'histoire si celle proposée par le conteur lui avait déplu.

À la mort de son père, Élisabeth avait tenté de vendre quelques-uns de ses livres à Nicolaus Lombardus, rue Neuve-Notre-Dame. C'est dans sa boutique que se fournissaient la plupart des maîtres de l'université. Ils étaient assurés d'y trouver, outre les livres simples destinés à leurs étudiants, nombre d'ouvrages richement enluminés. Le libraire avait apprécié à leur juste valeur les livres d'Élisabeth. Outre qu'ils n'étaient pas rédigés en latin, ils témoignaient d'originalité dans le choix des textes et le travail d'enluminure.

Presque tous les copistes étant des hommes, Élisabeth avait jugé plus sérieux de signer ses œuvres du nom de Thomas le Bleu. De fait, la réputation de Thomas le Bleu s'était vite répandue. Désormais, on lui faisait même des commandes que la mère d'Élisabeth livrait. Dame le Cauélus était la seule à savoir qui se cachait en réalité sous ce pseudonyme de Thomas le Bleu grâce auquel les revenus de la famille étaient devenus plus confortables.

Et voilà qu'un matin de printemps, quelques mois plus tôt, le comte de Montaigu avait fait savoir à la cantonade qu'il promettait cent cinquante livres d'argent et la place de copiste attitré à celui qui réaliserait l'ouvrage le plus remarquable. Sans autre précision. Sinon que la date de remise des manuscrits était fixée au dernier dimanche de juin, après l'office de none[1].

L'enjeu étant considérable, le bouche à oreille avait relayé l'annonce du crieur. Élisabeth avait eu vent de l'offre et Thomas le Bleu s'était mis à rêver.

Avant l'incident de la nuit, la jeune copiste évaluait à six jours le temps nécessaire pour terminer l'ouvrage, en tenant compte de son activité du matin. Mais à présent que le dernier in-octavo était perdu, il lui en faudrait le double. Or, une seule semaine la séparait de la date fixée par Montaigu. Sans parler du désastre des flacons renversés dont l'un d'eux contenait de la garance. Moins cher que le kermés, le rouge de garance était néanmoins hors de prix.

Fallait-il se résigner à en voir gagner un autre ?

Élisabeth le demande aux corneilles, au merle, au ciel. Mais ni les corneilles, ni le merle, ni le ciel ne lui répondent. À moins qu'ils ne lui répondent à leur manière car, apaisée soudain elle reprend espoir.

Elle se dit qu'en travaillant jour et nuit, elle peut encore rattraper son retard.

1. None : 15 heures.

Elle se dit que la passion va décupler son énergie.

Elle se dit enfin qu'elle ne peut pas abandonner Perceval seul dans la neige et qu'à délai ne tienne, elle doit achever ce qu'elle a commencé.

Au même instant, elle prend conscience avec effroi que dans son désarroi, elle n'a pas songé à vérifier que les in-octavo terminés étaient bien à leur place dans une cachette connue d'elle seule.

TROIS

Gustave de Montaigu arpente nerveusement la salle commune de la grande maison qu'il occupe sur l'île Notre-Dame lorsqu'il séjourne à Paris. Bientôt, il regagnera sa demeure de Villers-Cotterêt où il mettra en ordre ses affaires avant son départ pour l'Orient.

L'armée du sultan d'Égypte ayant écrasé les troupes franques à La Forbie, le concile de Lyon avait donné le signal de la croisade. Louis le neuvième était tombé gravement malade et avait promis à Dieu de se croiser s'il guérissait. Il avait guéri. Le comte de Montaigu s'embarquerait bientôt pour Chypre à sa suite. Par fidélité à son roi davantage que par conviction religieuse. Car, bien que fervent catholique, Gustave considère comme de purs enfantillages les marchés que les hommes prétendaient passer avec Dieu.

Aujourd'hui, le comte n'a qu'une seule chose en tête : retrouver Thomas le Bleu. Sa passion pour les livres remonte à l'époque où il étudiait la rhétorique avec Richard de Fournival. Il avait découvert, émerveillé, que la bibliothèque de ce dernier ne comptait pas moins de trois cents volumes richement illustrés. Dès lors, il n'avait plus eu qu'un seul désir : réunir lui-même assez de livres pour en tapisser une pièce entière de sa demeure. Montaigu en était désormais convaincu : les livres sont la mémoire du monde, et quand les hommes qui les ont écrit auront disparu, leurs œuvres seront là qui témoigneront de leur vie.

C'est ainsi qu'à trente ans à peine, et grâce à la fortune héritée de ses aïeux, il avait déjà rassemblé une collection à faire pâlir d'envie son vieux maître.

« Et les femmes ? se lamentait sa tante qui demeurait avec lui à Villers-Cotterêts. Ne pourrais-tu songer aussi à te trouver une jolie jeune femme pour agrémenter tes soirées studieuses ? »

Mais Gustave aussitôt se raidissait. Les femmes, il ne voulait plus qu'on lui en parle.

« Dieu du ciel, à trente ans, comment peut-on croire qu'on sait tout des femmes et qu'on n'en veut plus ? Évidemment, la faute en incombe à cette comtesse de...

— Taisez-vous ma tante si vous voulez demeurer mon amie. Je ne veux plus jamais entendre prononcer son nom. »

La vieille dame de Montaigu avait soupiré et s'était conformée au désir de son neveu.

Après s'être procuré les grands classiques, ce dernier s'était mis à rechercher les ouvrages en langue parlée, plus rares que ceux rédigés en latin dont les intellectuels et les universités faisaient usage. L'écriture en langue parlée rendait la prose plus vivante, permettait davantage de fantaisie, y compris celle d'inventer ses propres histoires. Or, Gustave de Montaigu rêvait d'écrire la sienne afin d'immortaliser le temps qui s'écoule. Il s'y était essayé. Assez pour comprendre qu'il ne viendrait pas seul à bout de ce désir.

Mais il existait quelque part à Paris un escrivain du nom de Thomas le Bleu, capable de faire du moindre récit une œuvre d'art. Il le savait, parce qu'il avait lu de lui une *Vie de Merlin* qui était un pur joyau.

Et ce Thomas le Bleu ne se contentait pas d'écrire, il enluminait aussi. Illuminer serait plus juste. Et avec une audace que Montaigu n'avait encore décelée chez aucun autre enlumineur. Faisant fi des miniatures et des marges, Thomas le Bleu parsemait son récit d'illustrations pleine page, se posant ainsi à contre-courant des usages et provoquant l'admiration sans borne du comte.

Gustave de Montaigu s'était donc mis en tête d'en faire son copiste attitré. Mais cela s'était révélé moins facile qu'il l'escomptait.

Curieusement, personne ne savait où vivait Thomas le Bleu et mille légendes couraient sur son compte. Beaucoup prétendaient le connaître, mais personne n'en parlait de la même façon.

« C'est un vieil homme, il habite rue du Puits-Sec et il achète des darioles tous les jeudis chez le pâtissier de la rue du Four.

— Oh, vous devez faire erreur, en réalité, c'est un garçon tout jeune et timide, aussi efflanqué qu'un jour maigre et dont la figure est si ordinaire qu'on n'en peut rien dire d'édifiant.

— Que nenni ! On vous aura mal renseigné. Ce Thomas va sur sa cinquantaine et on le voit venir de loin car il porte toujours cape sombre et large chapeau.

— Fadaises et billevesées ! Je vous dis moi que c'est un unijambiste mal embouché dont il vaut mieux se garder. Il a encore assommé un brave garçon qui avait eu le malheur de l'aborder sur la place de Grève.

— Je l'ai vu bien souvent, c'est le fils d'un cordonnier de la Montagne.

— Pas du tout l'ami, tu dois confondre. Il habite le Bourg de Saint-Germain, je l'ai vu pas plus tard qu'avant-hier. »

Gustave de Montaigu a écouté toutes ces fantaisies. Il a même tenté d'en vérifier quelques-unes. En vain.

Il n'en dort plus, en perd l'appétit, et jusqu'au goût de boire.

On le voit désormais, errant par les ruelles, désœuvré, ou flânant rue Neuve-Notre-Dame où Nicolaus Lombardus tâche de l'éblouir de ses meilleurs ouvrages. Mais aucun ne trouve grâce à ses yeux et il échangerait toute sa bibliothèque contre un seul livre de Thomas le Bleu.

« J'ai vendu le dernier de ses livres, attendez... un peu avant Pâques, lui avait confié Nicolaus. C'est une femme d'une quarantaine d'années qui est venue me l'apporter, comme les autres fois. Mais je ne sais ni qui elle est, ni d'où elle vient. Si vous voulez, la prochaine fois, je peux me renseigner... »

Oui. Mais quand serait cette prochaine fois ? Dans deux mois ? Dans quatre ? Et si c'était une autre femme ? Et quand ce serait la même, accepterait-elle de révéler l'adresse de son commanditaire contre monnaie sonnante ? L'argent ne suffit pas toujours à briser les silences.

Et pourtant Thomas le Bleu était là, quelque part dans cette ville embrumée d'aurore qu'il contemple depuis la tour sud de la cathédrale où il est monté ce matin d'une nuit sans sommeil. C'est alors que l'idée lui est venue d'offrir une récompense au copiste qui réaliserait le plus bel ouvrage. Thomas le Bleu l'apprendrait et sa fierté le pousserait à relever le défi. Du moins le comte l'espérait-il ardemment.

À présent, il n'y a plus qu'à attendre. Trois mois.
C'est long trois mois quand on attend ni plus ni moins que le livre parfait.

Peut-être ne l'a-t-on pas assez aimé,
caressé, embrassé.
Peut-être l'a-t-on blessé, rejeté, méprisé,
car il faut être bien malheureux pour commettre
un tel acte.

Quatre

Élisabeth a couru jusqu'à la rue de la Parcheminerie.

Elle a grimpé les marches menant à la chambre et soulevé les épaisseurs de drap dans le coffre posé contre le lit. À son grand soulagement, le manuscrit est là, enveloppé dans une pièce de velours.

Il y a trois mois, elle est allée choisir chez le messigier[1] douze peaux de veau qu'elle a coupées, battues avec le maillet, pressées et ébarbées. Elle en a tiré le plus beau vélin. Pour le texte, elle avait son idée. Son père lui avait fait, le jour de ses quinze ans, un somptueux cadeau : une édition simple, mais en langue parlée, du *Conte du Graal* de Chrétien de Troyes. Élisabeth connaissait déjà la quête des chevaliers du roi Artur à travers le poème de

1. Messigier : tanneur.

Robert de Boron, ainsi que pour l'avoir entendu maintes fois conter à la veillée. Autant de conteurs, autant de récits, différents et semblables, qui avaient fait naître en elle le désir d'écrire sa propre histoire. Ce qu'elle avait commencé de faire avec une *Vie de Merlin* dont Nicolaus Lombardus lui avait donné un bon prix.

Le défi lancé par le comte de Montaigu lui offrait l'occasion rêvée de poursuivre l'aventure du point de vue de Perceval. Nul besoin d'inventer Galaad puisque Perceval est le chevalier au cœur pur. Et s'il manque à sa mission une première fois en omettant de poser les bonnes questions par simple délicatesse, Élisabeth fera en sorte qu'il atteigne son but et écrira *Le dit de Perceval*.

Comme pour ses autres compositions, elle a pris le parti de la modernité, bannissant les bordures ouvragées de plus en plus larges de même que les abondantes miniatures qui dévorent le texte. Une simple lettrine bleu azur sertie de jaune à chaque changement de lieu, ou en début de chapitre, et un beatus[1] tous les quatre feuillets suffisent à mettre en valeur le récit sans l'étouffer.

Plusieurs semaines se sont écoulées durant lesquelles elle a travaillé dans l'allégresse, sans

1. Beatus : dessins pleine page entre deux chapitres ou deux paragraphes.

ménager sa peine, ne sortant plus. Jusqu'au fâcheux incendie.

Il s'agit à présent de rattraper le temps dévoré par les flammes.

Élisabeth pose sur le lutrin un nouvel in-octavo. Elle en a cousu deux de surplus pour pallier les accidents mais ne pensait pas avoir à s'en servir. Fébrile, elle organise ses heures. Elle a obtenu de sa mère d'être libérée du travail d'atelier afin de pouvoir consacrer plus de temps à son livre. Elle écrira la nuit, enluminera le jour. La couleur réclame une pleine lumière tandis que la calligraphie et même les lettrines s'accommodent de la pénombre si la teinte est préparée à l'avance. Par chance, les jours sont longs en période de solstice.

Élisabeth trace vivement à la mine de plomb les lignes du texte et les contours des beatus. Elle retrouve facilement les phrases du récit perdu pour l'avoir copié une fois déjà. Reprendre les beatus est plus délicat. Il va falloir faire aussi bien que ceux qui ont brûlé, retrouver les couleurs. Tout à l'heure, elle se rendra chez l'apothicaire pour acheter une drachme de garance. Il n'en reste que quelques gouttes au fond du flacon renversé et le rouge va lui manquer. Les autres couleurs, elle pourra les fabriquer. Il lui reste assez d'ocre et de Sienne, de céruse et de sulfure d'arsenic pour les jaunes, de la guède à foison pour les bleus. Les riches enlumineurs utilisent le lapis-lazuli pour fabriquer l'outremer, mais c'est une pierre bien trop chère et Élisabeth a appris à employer la guède. Habilement mêlée aux sucs de violette, elle donne un bleu d'une profondeur sans pareille.

Pour l'instant elle délaye un peu d'argile, d'ocre et de vert-de-gris dans la gomme arabique, ajoute une goutte de girofle et un peu de graisse pour que la couleur reste stable.

Tandis qu'elle émulsionne la préparation, des images affleurent à son souvenir. Celle par exemple d'une silhouette entrevue dans la rue à l'instant où elle rentrait chez elle. Ce n'est pas la première fois qu'elle a la sensation d'être épiée. Elle en a même parlé à sa mère.

« Tu te fais des idées, lui avait répondu cette dernière. La vérité, c'est que tu ne dors pas assez et que tu ne pourras pas faire longtemps l'économie de ton sommeil sans que ton travail en pâtisse. »

Sans doute a-t-elle raison. Élisabeth dormira dans une semaine. Elle dormira pendant trois jours s'il le faut. Mais pas maintenant. La teinte devient onctueuse, le vert profond.

La silhouette qui avait disparu dans le rue Boutebrie ressemblait tant à celle de ce jeune moine du scriptorium Saint-Germain... Il est vrai que tous les moines se ressemblent de loin avec leur tonsure et leur robe sombre. Et nombre d'entre eux traînent leurs sandales dans ces rues où se regroupent parcheminiers et enlumineurs. Quoi de plus banal qu'un moine chez un parcheminier ? Rien, en vérité. Sinon que ce sont les novices qui viennent chercher les cahiers de peaux dont les copistes font usage. Et Wallet de Senlis n'a rien d'un novice. En outre, il est grand et ses yeux sont d'un bleu étrange, comme souligné de givre, qu'on n'oublie pas.

Et c'est justement l'éclair de ces yeux-là qu'elle a cru apercevoir.

Wallet est le seul enlumineur capable de lui ravir les cent cinquante livres d'argent et lui-même sait que Thomas le Bleu est son plus sérieux rival. Ce qu'il ne sait pas en revanche, c'est où il demeure.

« Ce ne serait pas la première fois que mon imagination me joue des tours », songe la jeune fille.

Mais voilà que la paix fragile de sa retraite est menacée. Ça remue en bas. Lambert vient la chercher pour aller manger des bugnes. Comme si c'était le moment !

Dame le Cauélus, qui connaît bien sa fille, répond à sa place qu'elle est souffrante. Mais Lambert ne veut pas s'en laisser conter, Lambert insiste. Lui non plus ne se laisse pas décourager facilement.

« C'est son seul point commun avec moi », pense la jeune fille qui est obligée de se pencher au-dessus de l'escalier pour lui dire elle-même qu'elle ne peut pas sortir.

« Reviens un autre jour, lui crie-t-elle en cachant ses mains pour qu'il ne puisse pas les voir maculées de peinture.

— J'ai déjà entendu ça mille fois et tu n'as pas l'air malade du tout ! Tu as plutôt la tête de quelqu'un qui ne prend pas assez l'air. Viens, ça te fera du bien !

— Non, j'ai mal à la tête. Je crois que j'ai attrapé le rhume des foins. »

Lambert, vaincu, réprime un mouvement d'humeur.

« Bon, eh bien je vais demander à Gervaise. Je suis sûr qu'elle ne dira pas non, elle ! »

Après cette pitoyable tentative de la rendre jalouse, il disparaît enfin.

« Un jour, il ne reviendra plus ! » crie Bertrade depuis l'atelier à l'intention d'Élisabeth.

Peut-être. Mais il n'est pas l'heure de se demander si elle en souffrirait.

Cinq

Lambert le Secq n'est pas allé demander à Gervaise si elle voulait manger des bugnes. Lambert le Secq voulait manger des bugnes avec Élisabeth.

Élisabeth qui le fait enrager à force de se dérober et de poser mille empêchements à leurs rencontres : un mal de tête, l'étude, des peaux à marteler ou à ébarber et Dieu sait quoi encore ! Un rhume des foins !

Quelle folie d'être lavandière, paysanne ou ouvrière quand on peut l'éviter. Lambert a proposé vingt fois déjà à Élisabeth depuis la mort de son père de pourvoir à ses besoins et à ceux de sa famille. Les femmes n'ont pas de jugeote. Si elles en avaient, elles comprendraient que le travail ne peut que nuire à leur beauté et à leur santé. Quant à l'étude, n'en parlons même pas. Chacun sait qu'il n'est pas bon qu'une femme soit plus intelligente que son époux. Cela la pousse inévitablement à se mêler des affaires des hommes.

Dans deux ans, Lambert le Secq sera maître verrier, mais il gagne déjà suffisamment sa vie pour qu'Élisabeth n'ait pas à travailler. Si elle l'avait voulu, ils vivraient ensemble. Peut-être même auraient-ils un enfant, et il resterait encore assez d'argent pour que Dame le Cauélus puisse refuser de l'ouvrage.

Mais Élisabeth s'obstine. Élisabeth se fait prier, ou pire, elle fait son indifférente. Élisabeth ressemble tant à son père. Elle est intransigeante, sauvage. Son père ne lui a pas rendu service en lui apprenant la perfection. La perfection ! Comme si on pouvait être heureux en poursuivant la perfection en ce monde !

Lambert redoute qu'elle ne se soit mis en tête des chimères et ne rêve au-dessus de sa condition. En l'attendant, à vingt-deux ans passés, il vit seul. Et ce n'est pas faute que les filles lui tournent autour, car un verrier, beau ou laid, tire toujours les cœurs après lui. Pour de mauvaises raisons sans doute, puisque c'est, de tous les artisans, le mieux payé.

Les autres filles hélas, Lambert n'en a cure, c'est Élisabeth qu'il veut.

C'est à elle qu'il pense chaque matin en buvant son bol de lait mêlé de fleur d'oranger. Il l'imagine assise en face de lui, en chemise, les cheveux défaits. Enfin douce. Enfin sienne. Et cette pensée lui fait perdre la tête. Il se sent capable des pires folies. Il pourrait tuer si elle le lui demandait ! Tuer... non, peut-être pas.

Lorsqu'ils vivront ensemble, Élisabeth se consacrera à des tâches plus féminines : la broderie par exemple, et même la poésie, si bon lui semble.

Il arrive parfois au verrier de s'embusquer dans l'ombre d'une porte cochère pour épier la fenêtre de son aimée. Il ne la voit pas, mais il la devine dans le grenier qui surplombe l'atelier de parcheminerie. Plusieurs fois, il a vu des traces des couleur sous ses ongles, des taches d'encre sur ses doigts. Il n'est pas si bête qu'on croit. Il n'en a jamais parlé à Élisabeth puisqu'elle en fait secret, mais il se doute qu'elle copie et enlumine. L'idée l'a même traversé qu'Élisabeth était peut-être ce mystérieux Thomas le Bleu dont on dit des merveilles.

Lambert aimerait qu'elle cesse cette activité ridicule. Pourquoi une fille s'abîme-t-elle ainsi les yeux à remplir des pages et des pages pour des bons à rien d'étudiants alors qu'elle pourrait s'en passer ? Ruminant son refus, il se souvient que la jeune fille s'est montrée encore plus distante qu'à l'accoutumée ces derniers mois.

Et si elle avait décidé de relever le défi lancé par le comte de Montaigu ?

Qu'elle soit ou non ce Thomas le Bleu, elle est parfaitement capable de se mettre en tête de devenir l'escrivain attitré du comte. Et à supposer qu'elle gagne, c'en serait fini de ses projets d'union.

Vivre sans Élisabeth, c'est une chose à quoi le jeune homme ne peut se résoudre. Il faudrait qu'elle devienne raisonnable, qu'elle devienne... une vraie femme. Il s'occupera si bien d'elle. Elle ne manquera de rien, il la chérira, comblera tous ses désirs. Elle n'aura qu'à tenir la maison. Il sera si heureux de penser qu'elle l'attend, après une longue journée de travail, avec une soupe bien épaisse, une maison propre et des draps lavés de frais.

Comment réduire à néant cette volonté que rien n'entame ?

C'est ce que Lambert le Secq se demande en traçant l'ébauche de son vitrail à la craie sur le bois. Il rectifie le tracé du visage. Il lui a toujours semblé difficile de rendre une expression, un regard. Voilà bientôt huit ans qu'il s'y efforce sans parvenir encore à la fluidité du trait. Ensuite, il lui faudra dessiner les mains tout aussi délicates à reproduire. Le regard, la main, les outils les plus précieux d'un artiste...

Perceval n'est pas l'idiot que l'on croit
il cherche
si fort, si droit,
qu'on le croit borné alors qu'il est pur.
Rechercher cette force dans la pureté
cette candeur de ne pas faillir
est mon seul désir.

Six

Élisabeth a dissimulé le livre entre les lattes du plancher et interdit à quiconque de s'introduire dans son antre. Puis elle s'est mise en quête de garance.

À présent elle trotte dans la ruelle où elle prend plaisir à flâner d'ordinaire et où elle aime à écouter les bruits des marteaux et des scies des chantiers, le grondement sourd des roues des charrettes dans les rues pavées.

Le temps n'est pas à la flânerie et les rues sont désertées. Seuls quelques étudiants entourent un vendeur ambulant de pâtés en vue d'un déjeuner hâtif, et plus loin, un bambin, indifférent aux appels répétés de sa mère, taille un sifflet dans du bois de sureau. Ses mains noires de crasse font prendre conscience à la jeune copiste qu'elle a oublié de laver les siennes. Mais il est trop tard pour revenir en arrière et elle les cache prestement dans son gilet.

Une odeur de friture s'échappe de l'auvent du marchand de bugnes et se faufile le long de la rue Saint-Médard, enveloppant Élisabeth de ses tenaces effluves. Une légère nausée noue l'estomac de la jeune fille qui presse son allure et arrive, un peu essoufflée, devant la boutique de l'apothicaire.

« J'allais fermer, jeune fille. Si c'est pour une préparation, il faudra revenir.

— Non, il me faut seulement une drachme de garance.

— Voyons... répond l'homme soulevant un couvercle et le refermant aussitôt. Non, c'est ce qu'il me semblait. Je n'en ai plus.

— Plus du tout ? Une demi-drachme ferait mon affaire.

— Pas même une demi-drachme, ni un quart, damoiselle. Quelqu'un m'a tout acheté la semaine passée. »

Élisabeth n'en revient pas. Ne dirait-on pas que le sort s'acharne ? Il lui faut pourtant du rouge pour terminer son livre à présent qu'un mystérieux vandale a répandu le seul flacon qui lui restait.

« Mais... qui ? s'exclame-t-elle en colère. Qui a bien pu vous acheter toute votre garance et pour quoi faire, grands dieux ? »

Son indignation n'est pas du goût de l'apothicaire qui la pousse dehors.

« Jamais entendu une damoiselle jurer aussi vilainement. Essayez donc le marchand de couleurs du pont s'il n'a pas déjà fermé boutique. Ce n'est pas une heure pour faire des emplettes. »

Élisabeth ne gaspille pas sa salive à répondre au commerçant. Elle atteint le pont nord sans avoir rien vu des berges rieuses, ni du bateau chargé de grain qui accoste au grand port en provenance de Mantes ou de plus loin. Il y a encore du monde de ce côté-ci de l'île où le pont est si étroit que les jours de marché, une charrette peut mettre tout un jour à la traverser. Préoccupée, la jeune copiste heurte un jeune ouvrier qui sort en courant du moulin à farine, son casse-croûte à la main, pour rejoindre ses camarades dans le pré.

« Oh pardon... pardon ! » balbutie-t-elle confuse sans même s'arrêter.

Juste à côté de l'échoppe de l'apothicaire, un barbier rase son dernier client tandis que l'oiselier voisin rentre ses cages. Les six coups de sexte retentissent au clocher de la cathédrale lorsque Élisabeth s'entend dire une nouvelle fois que plus une miette de garance n'est disponible.

« Un enlumineur m'a tout acheté. »

Tout, c'est trop pour être naturel. Quelqu'un cherche à l'empêcher de terminer son travail, elle en est à présent certaine et elle veut savoir qui est le mystérieux acheteur.

« Un enlumineur, je vous l'ai dit. Un clerc, je crois », dit le marchand de couleurs en fermant son auvent.

Pareille réponse ne l'engage pas à grand-chose, l'essentiel de sa clientèle étant composé de moines ou de clercs tonsurés copiant les livres pour payer leurs études.

« N'avait-il pas les yeux très clairs par hasard ? Comme cerclés de givre ? insiste la jeune fille.

— Comme si je devais me souvenir de tous les moines, conclut-il en lui fermant la porte au nez.

— Celui-là vous a acheté toute votre garance ! Est-ce donc si courant que vous ne puissiez pas vous en souvenir ? lui crie-t-elle à travers l'épaisseur de volet qui les sépare désormais.

— Je ne m'attarde pas aux yeux des moines. Bon appétit damoiselle ! »

Élisabeth pense à Wallet de Senlis. À son regard fou, incandescent, jaloux.

« Vous êtes tellement... doué », lui avait-il dit un jour avec passion.

Une passion qui n'était pas exempte d'envie, elle en jurerait. Jusqu'où cette envie pouvait-elle le conduire et qui pouvait être assez fortuné pour acheter toute la garance de Paris ?

« Calme-toi Élisabeth, tu n'as fait que deux boutiques, c'est peut-être une coïncidence et on n'accuse pas les gens sans preuves. »

Mais à présent, les échoppes sont fermées. Il lui faudra revenir plus tard et était-ce envisageable quand lui restait si peu de temps pour terminer son travail ? Ce serait rendre la tâche trop facile à celui qui tentait de l'en empêcher.

Élisabeth rebrousse chemin, songeuse. Si seulement elle pouvait se procurer quelques graines de garance, elle en ferait pousser dans son jardin et à l'avenir, fabriquerait elle-même ses teintes. Mais il ne serait pas dit que Thomas le Bleu s'est laissé déconcerter par une couleur manquante.

« Le cinabre est une alternative. Son jus est plus clair, mais je peux lui ajouter un peu de sienne et d'ocre, ce qui suffira pour la plupart des motifs que je dois reproduire. »

Tandis qu'elle chemine, une silhouette se rencogne derrière un arbre de la place au Feurre.

Qui peut rôder encore à cette heure où tous sont en train de dîner ? Deviendrait-elle folle à se croire sans cesse épiée ? Elle se souvient d'un vieil homme de leurs voisins qui était persuadé que le monde entier lui en voulait. Il avait fini par mourir à un âge canonique après avoir vécu tapi derrière sa fenêtre à craindre pour sa vie et à guetter les allées et venues.

« Élisabeth ma fille, ressaisis-toi ! » se sermonne-t-elle.

Pourtant, là-bas, elle aurait juré qu'une ombre...

Sept

Aymon de Boves a aperçu Élisabeth qui marchait d'un pas vif dans la rue, mais le temps de se pencher à la fenêtre pour la héler, elle avait déjà tourné à l'angle de la ruelle.

Aymon connaît Élisabeth depuis l'enfance lorsqu'ils fréquentaient tous deux l'école Sainte-Geneviève. Sa famille, quoique noble, était ruinée. Lui et ses frères avaient donc reçu la même éducation que les jeunes roturiers, jusqu'au jour où ils avaient été en âge d'embrasser la carrière monastique. Les deux aînés d'Aymon étaient entrés au chapitre Notre-Dame. En échange de la bourse obtenue pour leurs études, les trois frères devaient veiller les morts de l'Hôtel-Dieu. Lugubre mission qui n'avait pourtant pas affecté le caractère d'Aymon, le plus facétieux des trois et le seul qui ne se satisfaisait pas de sa destinée. Il rêvait depuis toujours de grands voyages et de terres inviolées.

Au lieu de quoi, il était voué à se heurter aux murs d'une cellule. C'est ainsi qu'il était devenu copiste à Saint-Germain. Mais ses dix-sept ans ne pouvaient s'y résoudre.

À l'école Sainte-Geneviève, Élisabeth partageait ses jeux comme l'aurait fait un garçon, pendant que les autres filles jouaient avec des poupées de chiffons. Elle lui contait aussi les histoires qu'elle inventait après avoir écouté les marchands dans le port, ou les colporteurs de passage. Des récits de pays lointains, de maisons aux toitures en or et d'oiseaux multicolores dont Aymon ne se lassait pas.

Plus tard, il l'a accompagnée dans la rue des Enlumineurs. Lui ne tenait pas longtemps en place mais quand il repassait, à la tombée du jour, elle était toujours là, s'imprégnant des moindres gestes des artistes.

Aymon s'en étonnait chaque fois : il n'y avait aucune femme enlumineur à Paris à cette époque. Et comme Élisabeth encourageait ses rêves d'aventure, il avait fini par s'imaginer qu'un jour ils partiraient ensemble découvrir le monde. Devenant femme, elle était aussi devenue plus secrète et plus distante. Aymon en souffrait. Il regrettait leur complicité dont il n'avait pas imaginé qu'elle puisse cesser un jour.

À peu près à la même époque, la jeune fille avait commencé à s'enfermer pour étudier. Du moins, c'était ce qu'elle prétendait. Car le novice se doutait que dans la réclusion de son atelier, elle s'adonnait à sa passion enfantine. Qui sait, peut-être même écrivait-elle les belles histoires qu'elle inventait pour lui ? Un jour, elle était descendue le saluer sans prendre la précaution de se laver les mains.

« Tu as des mains d'enlumineur, avait-il déclaré.

— Oh ! Je... j'ai teint une pièce de tissu pour me faire un... une blouse », avait-elle menti.

Aymon avait relaté l'anecdote à Wallet d'Arras qui occupait le lutrin voisin du sien au scriptorium. Par plaisanterie, il lui avait laissé entendre qu'Élisabeth œuvrait en secret et que peut-être elle était le fameux Thomas le Bleu.

« Je plaisantais voyons, avait-il conclu avant d'éclater de rire devant la perplexité de son compagnon. C'est pure folie ! Comment une femme pourrait-elle accéder à une telle perfection dans le trait ? La pauvre a déjà bien assez à faire avec la parcheminerie. »

Wallet n'avait fait aucun commentaire et s'était à nouveau penché sur la bible qu'il enluminait pour le prieur du monastère.

Peu à peu, Aymon de Boves avait compris que si Élisabeth lui conseillait encore, envers et contre tous, de s'embarquer comme mousse sur un navire en partance orientale, elle n'avait aucune intention de l'accompagner. Ses voyages imaginaires lui suffisaient.

Sans elle, le jeune homme hésitait, n'osait franchir le pas. Il conservait l'espoir secret qu'un jour la jeune fille se lasserait de son labeur solitaire et comprendrait que les paradis luxuriants qui hantaient leur enfance valaient une véritable aventure.

Et puis, il fallait désormais compter avec ce verrier qui s'était mis en tête de l'épouser et de la transformer en bourgeoise oisive. Rien n'était plus éloigné des aspirations d'Élisabeth, Aymon le savait. Lambert le Secq lui-même n'avait pas tardé à avoir lui aussi des doutes sur les activités de sa fiancée : un parcheminier peut avoir les ongles sales, mais jamais colorés de jaune ou de vert. Il avait sondé Aymon.

« Enfant, elle aimait à regarder les enlumineurs travailler, avait concédé ce dernier. Peut-être barbouille-t-elle pour se détendre ? »

Cela avait suffi pour que Lambert envisage le pire, c'est-à-dire que la jeune fille dont il s'était entiché ait envie de s'adonner à cet art. Cela ne faisait pas du tout son affaire. Lambert avait sur les femmes des idées très précises. Élisabeth devait lui appartenir corps et âme. Il déciderait de ce qui était bon pour elle.

« Le connais-tu ce Montaigu qui fait parler haut et fort de cent cinquante livres d'argent ? » avait-elle un jour demandé à Aymon sur ton évasif, destiné à lui faire croire qu'il s'agissait de pure curiosité de sa part.

« Je sais qu'il consacre sa fortune à l'acquisition de livres », avait-il répondu.

Elle ne l'avait pas questionné davantage, mais Aymon devinait qu'elle avait l'intention de relever le défi. Déterminée comme elle l'était, elle avait ses chances d'y parvenir et Aymon le redoutait. Car cette Élisabeth si peu femme, si indépendante, si douée pour parler pendant des heures de pays qu'elle n'avait jamais visités, était faite pour être sa compagne, sa petite sœur, son double. Mais comment s'y prendre pour qu'elle redevienne celle qu'elle était il n'y a pas si longtemps ?

Ce bleu paisible de toute éternité
je veux l'emprisonner dans mon pinceau
le couler sur le parchemin
en faire l'azur où Perceval puise l'élan
de poursuivre sa quête
à laquelle
il ne comprend
rien.

Huit

Il fait une chaleur d'enfer dans le petit atelier adossé à la cathédrale. En dépit de la température estivale, Lambert le Secq attise le feu afin de cuire les morceaux de vitrail peints. C'est une opération cruciale. Si le four n'est pas assez chaud, la peinture n'adhère pas, s'il l'est trop, le verre fond. Le verrier transpire abondamment et son visage a pris une teinte écarlate. Il pousse les braises sur le côté et ajoute quelques copeaux de bois au cœur du foyer. Quand les parois seront blanches, ce sera le signal pour enfourner.

Le jeune homme est si affairé qu'il n'entend pas Élisabeth entrer. Ce n'est pas le moment idéal pour recevoir une visite et cependant le cœur du jeune homme bondit d'allégresse en la voyant.

Mais tout aussi vite, il s'embrume en apprenant l'objet de sa venue. De la garance, non, il n'en a pas. Du kermès encore moins.

« Je ne saurais qu'en faire. J'utilise le cinabre. Mais à quoi la garance te serait-elle bonne ? » demande-t-il en soufflant et écartant les braises.

Dans sa fièvre, la jeune fille n'a pas pensé qu'elle aurait à se justifier.

« Je suppose que tu ne m'aimes pas assez pour te passer d'explications ?

— Tu me fatigues Élisabeth. Tu es si cachottière et imprévisible que...

— Que tu te demandes pourquoi tu es amoureux de moi ?

— Oui. Non ! Tu m'embêtes !

— Très bien. Je vais aller demander à tes collègues.

— Vas-y, je suis tranquille. Aucun verrier n'utilise la garance et encore moins le kermès. Les teintes végétales ne résistent pas à la cuisson. Maintenant, si c'est tout ce que tu as d'intéressant à me demander, je suis désolé, mais... j'ai du travail moi aussi. »

Lambert est vexé que la visite de la jeune fille soit d'ordre purement professionnel. Il est désemparé aussi de la sentir si déterminée. Elle semble indifférente à son amour et paraît n'avoir besoin de personne. Il y a deux ans, il ne la connaissait pas, et aujourd'hui, il ne peut imaginer ce que serait sa vie sans elle.

Sourde au désarroi de son soupirant, Élisabeth a tenté sa chance dans l'atelier voisin, puis l'atelier voisin de l'atelier voisin, mais Lambert a dit vrai.

Lambert qui l'aime ou dit l'aimer et dont sa mère serait soulagée qu'il l'épouse.

Elle se souvient du jour où elle l'a rencontré, il y a un peu plus d'un an.

Elle se promenait le long du fleuve, rêvant à l'illustration parfaite de l'initiation d'Artur, lorsqu'elle avait croisé son regard vert. Elle se souvient avoir pensé que Merlin devait avoir un tel regard. Ils s'étaient assis sur la berge, avaient bavardé en regardant les bateaux descendre la Seine.

C'était quelques semaines avant que Thomas le Cauélus ne les quitte brusquement. Comment pouvait-on mourir ainsi dans la force de l'âge ?

« Son cœur était fragile », avait déclaré le médecin.

Élisabeth en était demeurée hébétée des jours durant. Le cœur de son père paraissait si vaste et si doué pour l'amour, qu'il était inimaginable que sa fragilité puisse être la cause de son furtif trépas. Elle en avait voulu à Dieu pour sa rudesse et aux médecins pour leur science incertaine. Thomas le Cauélus était son horizon, son maître et son ami, en plus d'être son père. Sa mort l'avait plongée dans un violent abandon.

Lambert avait rendu visite à la famille endeuillée chaque jour, sur le trajet vers son atelier. Élisabeth, hagarde, avait accepté ses promenades qui la détournaient de sa peine et la distrayaient de penser que plus jamais elle n'entendrait son père rire, ni gronder, ni lui prodiguer ses conseils avisés. Pendant plusieurs semaines, elle n'avait plus éprouvé la moindre envie d'écrire ni d'enluminer puisqu'il n'était plus là pour admirer son travail.

Sans en avoir conscience, elle avait encouragé le jeune verrier. Lambert le Secq s'était cru utile, puis désiré, et il s'était peu à peu imaginé qu'une vie commune était possible.

Plus tard, Élisabeth avait fait un rêve dans lequel Thomas le Cauélus lui apparaissait pour la prier de ne pas gaspiller son talent. Il promettait de continuer à lui prodiguer ses conseils, en rêve ou en pensée.

Elle s'était donc remise au travail, dotée d'un nouvel appétit. En hommage à son père, elle avait choisi le prénom de Thomas. Tout ce qu'elle entreprendrait désormais, elle le lui dédierait. Et cette pensée lui donnait le courage de vivre en dépit de son absence.

Mais elle était à présent flanquée d'un fiancé dont elle ne savait que faire. Elle se disait que le temps ferait son œuvre et que la solution jaillirait. Elle se disait que peut-être un jour se mettrait-elle à l'aimer ? D'ailleurs, elle ne savait rien de l'amour. Était-il besoin de s'aimer pour vivre ensemble ? L'amour, ce devait être quelque chose de fort et de doux à la fois.

Perceval ne voyait plus rien que ces trois gouttes de sang sur la neige qui évoquaient pour lui le visage de Blanchefleur.

Curieuse, elle avait interrogé sa mère.

« Quand on vit auprès d'un homme, on apprend à l'aimer », lui avait-elle répondu.

Dame le Cauélus avait-elle vraiment vécu son amour comme un apprentissage ?

Était-il possible de se contenter, sa vie durant, d'une émotion aussi calme ?

Neuf

Étendre les lavis, une couche, deux, trois, quatre, parfois cinq pour obtenir des bleus plus ou moins foncés, des nuances dans l'azur, pour distinguer le vert du chêne et celui de l'herbe, et quand tout est bien sec, ourler les contours d'un ton plus soutenu pour empêcher les couleurs de se mêler. Demain, l'enlumineuse posera des touches d'or pour suggérer la lumière.

À présent, la nuit est tombée.

Élisabeth a veillé elle-même à poser la barre en travers de la porte qui donne sur la rue et à tirer le verrou de celle qui ouvre sur le jardin. Deux fois elle est redescendue s'assurer que sa mère n'avait pas oublié de refermer en allant puiser de l'eau, ni sa jeune sœur, sortie cueillir un bouquet d'herbes pour parfumer la soupe. Une autre fois encore, alors que toute la maisonnée dormait, silencieuse, elle a cru entendre un pas dans la salle commune.

Mais ce n'était qu'un craquement du bois, ou un soupir des braises dans l'âtre.

Avant de regagner la pièce qui lui sert d'atelier au premier étage de la maison, elle a préparé un pot d'infusion de menthe très forte et elle a rempli deux lampes à huile. Maintenant, elle prépare l'encre, mêlant le noir de suie, l'eau et le sulfate de plomb. Tout est prêt.

Elle inspire longuement, trois fois, puis commence à copier avec soin les vers de Robert de Boron à l'appui desquels elle improvise sa propre version. Les arabesques se posent sur les lignes laissées par la mine de plomb.

« Au matin, la neige était bien tombée,
car la contrée était très froide,
Perceval, au petit jour s'était levé... »

En copiant, Élisabeth s'oublie et elle oublie le monde. Les lettres s'arrondissent, griffent le parchemin, s'élancent à l'assaut des pages, ne doutent de rien, et l'écriture se fait prière.

Thomas le Cauélus lui a donné le goût du travail bien fait. Simple parcheminier, il mettait son âme autant que ses mains à l'ouvrage. Les bons copistes le savaient qui venaient se fournir chez lui pour une somme à peine plus élevée que celle de ses concurrents en échange du velouté incomparable d'un parchemin soigneusement lissé, coupé et ébarbé. Dame le Cauélus lui a bien souvent reproché de passer trop de temps à lustrer le cuir pour l'assouplir. Il la regardait, souriant et passait le polissoir encore et encore.

« Quoi que tu fasses, disait-il à Élisabeth, fais-le avec passion. Le travail que l'on fait sans amour est une pourriture pour l'âme. »

La plus humble des tâches devenait quête sans laquelle la vie ne valait d'être vécue. La jeune fille s'en est souvenue.

Aujourd'hui, il lui arrive souvent de converser avec son père. Elle a l'impression de le voir se tenir debout là, dans sa mansarde, guettant ses progrès, ses hésitations, ses doutes. C'est à lui qu'elle demande la force de ne pas céder à la facilité et la grâce d'œuvrer dans la joie, de trouver le mot juste, le geste juste. Elle sait qu'il est fier de la voir maîtriser la totalité de la fabrication du livre depuis la peau jusqu'à la reliure, en passant par l'écriture et l'enluminure. Plus tard, quand elle sera parvenue au sommet de son art, elle remettra à d'autres artisans le soin de la préparation et de la finition. Plus tard, elle mettra sa mère et ses sœurs à l'abri du besoin afin qu'elles ne soient plus tenues d'exercer ce métier qui les use.

Mais soudain, ses sens aux aguets la font tressaillir. Heureusement, la plume était dans l'encre, non sur l'ouvrage.

C'était un bruit, un frottement peut-être, ou un pas, feutré, léger, comme celui d'une bête... ou d'un rôdeur.

Élisabeth dort si peu, si mal. Ses sens lui jouent des tours, amplifient, inventent. Elle le sait, mais ne peut s'empêcher de vérifier quand même en se penchant à la fenêtre.

Illusion ? Elle croit voir une silhouette s'enfuir, enveloppée de nuit.

Elle descend l'escalier pour la quatrième fois et constate, soulagée, que la barre est toujours en travers de la porte qu'elle rend infranchissable, sauf... pour un morceau de parchemin plié, poussé dans l'interstice entre le bois et le sol de terre battue.

La copiste s'en saisit, fébrile, remonte vite déchiffrer le message à la lueur des lampes. Il est bref, anonyme.

Tu travailles à ta perte Élisabeth et à celle des gens qui t'aiment.
Prends-y garde. On ne voit pas venir le malheur.

« L'écriture n'est pas du meilleur copiste », ne peut-elle s'empêcher de constater.

À moins qu'elle ne soit seulement hâtive, ou déguisée ?

« Déguisée bien sûr. Cela va de soi pour un message anonyme. »

Est-ce encore un mauvais tour de celui qui a brûlé les in-octavo, acheté la garance, et menace à présent de s'en prendre à sa famille ? Quelqu'un qui compte bien que tous ces incidents la rendront si nerveuse et lui feront prendre tant de retard qu'elle échouera à remettre son manuscrit à temps. Quelqu'un qui convoite ce qu'elle convoite et qui est prêt à tout pour l'obtenir.

Elle en revient toujours à Wallet de Senlis. Mais comment Wallet saurait-il qu'elle est Thomas le Bleu ? Elle s'était masquée et costumée en homme pour le rencontrer. Et il ne l'avait pas suivie, elle en est sûre.

Il n'y a donc rien à faire, sinon chiffonner l'abjecte missive et se remettre au travail. Mais la plume lui échappe par deux fois, et deux fois elle évite le drame de la tache. Alors Élisabeth admet enfin que son corps réclame son tribut de sommeil et, vaincue, s'étend sur la paillasse près de la table à tréteaux où elle s'endort aussitôt.

Je tombe
mais je me relève
chaque fois plus vite
et chaque fois que je me relève
je monte une marche.
Alors je remercie mon ennemi.
Sans lui je ne serais pas devenue aussi forte.

Dix

Le soleil se pose sur le parchemin où l'enlumineur applique la laque rouge du manteau d'Averroes.

La paix règne dans le scriptorium où Wallet de Senlis œuvre dans l'espoir de séduire Gustave de Montaigu. Il a beaucoup hésité avant de se décider pour les commentaires d'Albert le Grand sur Aristote que nul n'avait encore transcrits. Lui-même avait assisté aux cours que le maître, de passage à Paris, avait donné place du Fouarre à l'automne dernier et il en garde un souvenir ébloui. Montaigu, aperçu plusieurs fois parmi l'auditoire, appréciera à sa juste valeur de voir immortaliser le discours du maître. Mais cela suffira-t-il à emporter son adhésion ? Wallet n'a pas jugé utile de traduire le cours du latin. La culture est affaire de lettrés et il ne lui semble pas pertinent de rendre accessible au peuple des textes qu'il n'est pas en mesure de comprendre.

Le moine prend du recul pour contempler l'effet de la garance se détachant sur fond d'or pur. Mais le soleil l'éblouit et il doit abriter son lutrin dans l'ombre d'un mur pour poursuivre son travail. Il doit passer le bleu à présent. Celui de la tunique d'Albert le Grand. Un bleu profond, intense, presque aussi beau que ceux de Thomas le Bleu. Presque.

Et ce « presque » le consume.

Wallet de Senlis a toujours senti en lui ce désir d'une œuvre, cette rage de faire mieux que tout ce qui existe. Il a renoncé pour cela à la carrière des armes qui lui était destinée par naissance, au profit de son frère puîné. Durant toute son enfance, il s'est acharné derrière le pupitre. Il a passé des heures, des jours, des mois, à reproduire des fleurs, des oiseaux, les chiens de son père, ou encore le fils de son domestique qui acceptait de demeurer immobile en échange d'un sucre d'orge. Cette longue application lui a permis d'acquérir la sûreté du trait et l'harmonie des couleurs et de se hisser au rang des meilleurs. Du moins le croyait-il.

Jusqu'au jour où il a vu un livre de Thomas le Bleu. Cet étonnant enlumineur faisait fi des bordures, osait les beatus au lieu de miniatures, remplaçait le trait noir pour cerner les figures par un bistre, posait de rares touches d'or. Sa peinture était si vivante qu'on aurait dit que les personnages allaient jaillir du parchemin. En outre, Thomas le

Bleu copiait lui-même ses textes au lieu de les confier à un copiste.

De toute éternité, les copistes avaient copié et les enlumineurs enluminé. Cette répartition des compétences dégageait les seconds d'une tâche qui était à la portée de n'importe qui sachant lire et former régulièrement ses lettres. Mais aucune œuvre singulière, originale, neuve, ne pouvait en surgir.

Thomas le Bleu, lui, inventait autant qu'il copiait, et Wallet n'avait eu de cesse que de le rencontrer. Son souvenir est vif encore de cette soirée d'hiver passée en sa compagnie à l'auberge du Chien Vert.

Aux premiers jours de l'automne, il avait fait savoir au libraire Lombardus qu'il souhaitait rencontrer Thomas le Bleu. Il avait même fixé un rendez-vous. Suffisamment lointain pour qu'il puisse recevoir le message, réfléchir à sa proposition, l'accepter.

« À l'auberge du Chien Vert, le troisième jour de la fête des fous, après vêpres[1]. Je porterai un pourpoint rouge. »

Le libraire ne lui avait pas laissé beaucoup d'espoir.

« Vous n'êtes pas le premier. Je ne l'ai jamais vu moi-même. Et il décline toutes les invitations. »

1. Vêpres : 18 heures.

Mais l'espoir chevillé au corps, Wallet attendait.

Or, quelques jours avant Noël, une femme était venue livrer la dernière œuvre de Thomas le Bleu. Le libraire lui avait rapporté les propos de l'enlumineur et la femme avait promis qu'elle transmettrait.

Au jour et à l'heure dite, Wallet de Senlis se tenait, fébrile, près de la cheminée de l'auberge, arborant un riche vêtement qui contrastait avec la bure qu'il avait coutume de porter. Sans doute entendait-il prouver à Thomas le Bleu que son goût ne se bornait pas à l'enluminure.

Thomas le Bleu était venu. Cela signifiait qu'il connaissait l'œuvre de Wallet et l'appréciait suffisamment pour consentir à le rencontrer. Wallet avait été étonné de découvrir ce frêle jeune homme, vêtu sans élégance dans des habits trop grands pour lui. Son visage était dissimulé derrière un groin de porc séché, de circonstance en cette fête des fous, mais qu'il n'avait pas prétendu ôter, même pour boire. Que lui importait après tout ? Thomas le Bleu était là. C'était tout ce qui comptait.

Wallet de Senlis avait découvert que son rival, loin d'être noble, était issu du peuple et n'avait reçu d'autre éducation que celle de la paroisse. Pourtant, en dépit de sa naissance modeste, l'art lui était facile, lui venait sans effort. Sa virtuosité inexplicable et son talent étaient un affront à la naissance.

Complies[1] avaient sonné depuis longtemps lorsqu'ils s'étaient séparés et Wallet n'était guère plus avancé. Car il n'avait rien appris de ce qui aurait pu l'aider à se perfectionner. Thomas le Bleu n'avait d'autre secret que celui de son identité.

« Je suis heureux d'avoir pu rencontrer un véritable artiste », avait conclu ce dernier avant de le quitter.

Et il le pensait.

Le *véritable artiste* s'était senti honteux et misérable, et il avait détesté Dieu de lui avoir joué ce mauvais tour. Ensuite, il avait longuement fait pénitence pour pardon de sa rébellion.

Deux mois plus tard, il avait décidé de relever le défi du comte de Montaigu. L'enjeu était à la hauteur de son ambition. Devenir l'escrivain attitré du comte pouvait signifier le début d'une longue et prestigieuse carrière. Il le suivrait jusqu'à l'Orient, relaterait ses combats, commenterait les victoires. Les clercs des générations futures apprendraient son nom.

Hélas, si Thomas le Bleu relevait lui aussi le défi, il n'avait aucune chance. Confronté à l'insolente vitalité qui habitait son pinceau et à la divine inspiration qui faisait se mouvoir sa plume, comment lutter ?

À moins d'un miracle.

À moins que Thomas le Bleu n'ait quelque empêchement...

1. Complies : 21 heures.

Onze

Le sommeil d'Élisabeth est agité, brouillé. Perceval et Blanchefleur y côtoient Gustave de Montaigu dont Élisabeth ne connaît pas davantage le visage que celui de Perceval ou de Blanchefleur. Dans le rêve, costumée en garçon, elle rend hommage au comte, tel un vassal à son suzerain, genou en terre. Quand soudain, un livre gigantesque et ailé fond sur Montaigu. Élisabeth s'interpose, croit mourir écrasée, ne meurt pas. Quand elle rouvre les yeux, Montaigu a disparu et le livre est ouvert devant elle. Pour elle. Elle reconnaît son livre achevé, s'émerveille à la vue des illustrations qu'elle n'a pas encore peintes, songe ensuite à consulter le frontispice. Ce serait merveilleux de pouvoir contempler une image qu'elle n'a pas même imaginée. Mais le livre est trop grand, trop lourd et il lui faut tourner les pages à rebours par paquets de quatre, délicatement.

Toc toc toc !

Tout s'évanouit. Les contours familiers de l'atelier recouvrent le livre.

C'est Lambert qui cogne au volet. C'est l'aube qui point.

Tant pis pour le frontispice, ce n'était qu'un rêve après tout.

« Ce n'était qu'un rêve ? Que dis-tu Élisabeth ? Comme si tu ignorais que tes rêves te nourrissent. »

Oui, mais le jour force la toile huilée de la fenêtre et intime qu'on s'intéresse à lui et qu'on se remette au travail. Élisabeth décide de reproduire une des illustrations du rêve : un vol d'oies sauvages que le faucon poursuit. Perceval au loin les regarde, la main en travers du front pour se protéger du soleil que la neige réverbère.

« Élisabeth ! Viens manger quelque chose ! crie Dame le Cauélus depuis le rez-de-chaussée.

— Tout à l'heure ! » répond-elle machinalement.

La jeune fille pose hâtivement à la mine de plomb les contours du dessin, prépare les couleurs qui lui seront nécessaires. Mais se nourrir, c'est important aussi. Un peu de pain et de fromage lui donneront l'énergie, et l'infusion de menthe la clarté d'esprit.

Elle se lève et son pied rencontre la lettre froissée oubliée. Et le doute s'insinue : fait-elle courir un danger à sa famille en poursuivant son but ? Et si celui qui a rédigé ce billet mettait ses menaces à exécution ? Il a bien été capable de s'introduire dans l'atelier pour mettre le feu à son ouvrage. *On ne voit pas venir le malheur.* Doit-elle renoncer à concourir afin qu'il n'arrive rien de fâcheux à sa famille ?

Plus que quatre jours. Et ces quatre jours-là sont les plus importants de sa vie car pareille occasion de sortir de sa condition ne se représentera sans doute jamais. Celui qui a écrit cette lettre est un insensé, un malheureux. Que peut-il ? Elle ne sait pas, elle ne sait plus !

« Ne parle pas aux inconnus, dit-elle à Félix alors qu'il s'apprête à se rendre à l'école Sainte-Geneviève, et méfie-toi. Les gens sont méchants parfois. »

Félix hausse les épaules, amusé. Il n'y croit pas aux gens méchants sur le trajet de l'école. Il l'a tant fait ce trajet, il le saurait. Élisabeth le poursuit jusqu'à la porte.

« Félix, tu as bien compris ? Ne traîne pas ce soir et ne parle pas...

— ... aux inconnus, singe l'enfant en imitant son aînée.

— Qu'est-ce qui te prend ? » demande sa mère.

Et devant le silence buté de sa fille, elle ajoute :

« Il faut dormir Élisabeth. Tu es trop nerveuse.

— Je sais ce que je dis », tranche la jeune fille, catégorique, tout en songeant qu'elle aimerait en être sûre.

Elle saisit un morceau de pain et de fromage avant de reprendre le chemin de son antre. Puis se ravise, se souvient que sa mère l'a dispensée du parcheminage afin qu'elle puisse terminer son travail et qu'elle ne mérite pas ces paroles dures qu'elle lui a adressées. Elle revient la prendre par la taille et dépose un léger baiser sur sa joue.

« Pardonne-moi petite mère. Tu as raison, je suis épuisée, mais tu verras, je serai la plus douce des filles dans quatre jours. En attendant, ne laisse monter personne. Comme tu vois, je suis d'humeur à embrocher quelqu'un avec mon calame, ajoute-t-elle, sérieuse, avant de disparaître dans l'escalier.

— Pourquoi Élisabeth a-t-elle le droit de ne pas travailler autant que nous ? demande Bertrade, jalouse.

— Tu te trompes, elle travaille tout autant, répond Dame le Cauélus, elle travaille même davantage.

— Ah bon ? Et pourquoi ne peut-on jamais voir ce qu'elle fait là-haut alors ? s'enquiert alors Coline, non moins jalouse. Moi je le sais bien qu'elle copie des livres ! »

La mère met un doigt sur ses lèvres.

« Il faut en garder le secret. Un jour, vous saurez pourquoi, dit-elle. Vous saurez que votre sœur est admirable, même si elle vous semble parfois injuste. Allons, un peu de cœur à l'ouvrage. Nous avons ces peaux à gratter, et ces folios à ébarber. Moi je vais lisser le vélin à la pierre ponce. Un moine de l'abbaye Saint-Germain doit passer le prendre demain. »

Et la journée s'écoule, paisible et sans autre menace.

« La simplicité, ma fille, disait Thomas le Cauélus. Il faut toujours aller au plus près. Tu n'as que faire de ces esbrouffes de moines bouffis d'orgueil, ni des usages, ni de ce qui se fait ou ne se fait pas, se vend ou ne se vend pas. Tu dois seulement trouver la couleur juste, le ton juste. Tout le reste n'est que boursouflure et emphase. »

La simplicité. N'est-ce pas précisément le choix qu'Élisabeth fait chaque jour ? Alors pourquoi lui semble-t-il toujours que le résultat n'est pas à la hauteur de son exigence ?

Pendant sept ans, Perceval s'exile et médite avant de reprendre sa quête. Il contemplera le Graal mais il n'en mourra pas comme les récits existants le donnent à entendre. En revanche, il ne pourra pas en faire profiter les autres pour la seule raison que les mots sont impuissants à narrer ce qu'il a vu. Il ne posera pas non plus de question, car toute question devient inutile dans la contemplation du TOUT. Il reviendra parmi les siens pour lesquels il sera une source d'inspiration, un sage.

« L'oie était blessée au col.
Elle saigna trois gouttes de sang,
qui se répandirent sur le blanc.
On eût dit une couleur naturelle »,

écrivait Robert de Boron.

Ces trois gouttes de sang sur l'immaculée blancheur obsèdent Élisabeth qui leur confronte ses souvenirs de neige, le silence qui l'accompagne, les premiers pas joyeux et sacrilèges. Comme les premiers mots sur une page blanche.

Ah le rouge !
Celui du coquelicot n'est pas stable
celui du sang
idéal, chaud, dense
impossible à fixer
et pourtant il faudrait qu'il dure, traverse les ans.
Mais pourquoi est-ce si important ?
Suis-je orgueilleuse ?

Douze

Peu après none, Félix rentre de l'école en compagnie d'Aymon.

Le novice a retrouvé le frère d'Élisabeth près du pont Châtelet, c'est-à-dire bien loin de l'école Sainte-Geneviève où il était censé être et l'a raccompagné jusqu'à la rue de la Parcheminerie. Il s'apprête à tourner talon après avoir poussé Félix dans l'atelier, mais Coline, qui l'a aperçu dans l'entrebâillement, a tôt fait de bondir et de le prendre par la main pour l'attirer à l'intérieur.

« D'habitude, tu ne te fais pas prier pour entrer, le gronde-t-elle. Regarde comme j'ai bien travaillé, petit moine. As-tu vu cette basane ? Tu en voudrais bien pour tes écritures, n'est-ce-pas ?

— Eh bien...

— Oh oui, je sais, tu préfères le vélin. Mais le vélin est plus cher et il faut être un très bon copiste pour...

— Coline ! » la tance Dame le Cauélus qui n'est jamais venue à bout de l'abrupte franchise de sa plus jeune fille.

En réalité, Coline adore Aymon mais ne rate pas une occasion de lui faire remarquer qu'il est un médiocre copiste, ce qui, à ses yeux, n'est nullement une tare. Aymon étant par ailleurs un chanteur remarquable, il a toujours paru évident à la fillette qu'avoir plusieurs cordes à son arc devait gêner le tir.

« Ce n'est rien », la rassure le jeune moine.

Mais pour détourner l'attention de ses paroles jugées malheureuses, Dame le Cauélus appelle sa fille aînée.

« Élisabeth ! Viens saluer Aymon !

— Non, laissez-la, elle travaille sans doute...

— Sans doute en effet. Mais il faut parfois se dégourdir les jambes quand on travaille, ne serait-ce que pour avoir l'esprit plus clair ensuite. »

Coline et Bertrade joignent si bien leur voix à celle de leur mère pour faire sortir leur sœur de sa tanière que, lassée de ce concert, celle-ci finit par descendre.

Son teint pâle et la vieille robe rapiécée qu'elle porte depuis trois jours font sensation. D'autant que son regard cerné indique sans ambiguïté qu'elle a pleuré. D'impuissance sans doute, et de rage. Tout à l'heure, elle a renversé l'encrier sur un in-octavo à moitié calligraphié et il a fallu tout recommencer. Elle sait pourtant que la hâte est le plus sûr moyen de gâter un travail et qu'on doit toujours œuvrer comme si on avait l'éternité devant soi. Mais le moyen d'en convaincre la petite voix intérieure qui ne songe qu'à s'affoler des heures qui tintent au clocher ?

Plus que - plus que - plus que - sonnent les heures.

Plusqueplusqueplusque, chantonne la voix.

Plus que six jours, plus que cinq jours, plus que, vite, dépêche-toi, ou bien ta chance partira en fumée elle aussi, vite vite vite ! Et à présent un contretemps, encore.

« Une vraie princesse », se moque Bertrade.

Le manteau d'Aymon n'est pourtant guère plus reluisant. Chaque saison plus court, comme souvent les manteaux des clercs, à force d'ourlets destinés à masquer les effiloches. Il a du moins l'avantage de sa couleur sombre qui estompe les taches.

Élisabeth pose un baiser rapide sur la joue d'Aymon. Elle a beau être fatiguée, elle ne peut s'empêcher de remarquer que le jeune homme s'est crispé au contact de ses lèvres. Et lorsqu'elle en cherche la raison dans son regard, il se détourne. En outre, il ne semble pas si gai qu'à l'accoutumée et répond aux taquineries de Coline sans entrain.

« Bah, après tout, il doit bien avoir, comme tout le monde, des soucis de temps à autre », se dit-elle.

« Aymon, j'ai du travail, tu ne m'en voudras pas si je... énonce-t-elle, à voix haute cette fois, en désignant l'escalier au lieu de finir sa phrase.

— Non ! Bien sûr que non, je partais. Peut-on espérer t'apercevoir dehors à la Saint-Jean ? »

L'année s'achevait et une grande partie des clercs allait regagner la maison familiale pour les trois mois à venir, à l'exception des étudiants pauvres. Les malheureux avaient parfois tant de mal à se loger qu'ils en étaient souvent réduits à dormir dans la rue. Robert de Sorbon[1] avait beau assaillir le roi de ses requêtes afin qu'il lui octroie la rue Coupe-Gueule pour y bâtir un collège, il n'avait pas encore eu gain de cause. La fête de la Saint-Jean d'été marquait en quelque sorte le début de cette longue période où il n'y aurait plus ni cours ni maîtres.

« Le bûcher sera dressé samedi et on dansera en place de Grève, Élisabeth. L'avais-tu oublié ?

— Hum... oui, je le confesse. Mais crois-tu que ce sont là des distractions de moine ? ajoute-t-elle pour le taquiner.

1. Robert de Sorbon : fondateur de l'université de la Sorbonne.

— Je ne suis pas encore moine. Je n'ai pas prononcé mes vœux, répond le clerc gêné. Et d'ailleurs, c'est à toi que je pensais. Je crois deviner qu'un certain Lambert compte sur ta présence.

— Je ne cesse de le lui répéter, jubile Dame Le Cauélus.

— Oui, bon. Je vois que vous êtes tous ligués contre moi, alors je vous laisse. Je n'ai pas de temps à perdre en vains bavardages », dit-elle en les plantant là.

En montant les marches vers son atelier, elle se dit qu'Aymon était bien étrange aujourd'hui.

Mais à peine est-elle devant son livre qu'elle l'a oublié.

TREIZE

Gustave de Montaigu, maussade, examine un manuscrit aux marges enluminées à renfort d'entrelacs soulignés d'or. De nombreuses miniatures et de grandiloquentes lettrines achèvent d'ornementer ces lais de Marie de France dont il possédait déjà un exemplaire au décor plus modeste. De toute évidence, l'enlumineur a confondu talent et poudre aux yeux, et la perspective d'espèces sonnantes lui a fait oublier son art.

Montaigu se morfond. Plusieurs ouvrages ont été livrés cette semaine à son domicile, une trentaine en tout. Il leur a à peine jeté un regard. Thomas le Bleu n'a pas remis le sien. Voilà ce qui l'obsède et le ronge. Plus que quelques pauvres jours à l'issue desquels, si le fameux enlumineur n'a pas donné signe de vie, Gustave sera tenu de remettre la prime au moins mauvais des copistes et de s'en aller, contrit, rejoindre son roi.

Aujourd'hui, afin de tromper son impatience, il s'efforce d'examiner avec impartialité les livres que Béranger, son vieux serviteur, a déployé sur le plancher de la bibliothèque. Tous ont en commun la sobriété du vélin pour les couvertures, Gustave ayant pris soin de faire savoir que seul le contenu importait. Or, le contenu justement, s'il révèle quelques habiles enlumineurs ou bons copistes, dont certains ont même osé traduire en langue vulgaire des textes de Tite-Live et Sénèque, ne présente rien qu'il n'ait déjà vu.

Et si Thomas le Bleu n'avait pas eu vent de sa proposition ?

Et si Thomas le Bleu n'était plus à Paris ?

Et si Thomas le Bleu était mort, de vieillesse, ou bien assassiné par quelque rôdeur ?

Abondantes sont ses pensées désormais qui commencent par ces deux mots *et si.*

« Rangez ces livres dans une des malles pour ma bibliothèque de Villers-Cotterêts, Béranger. Je ne veux plus les voir. Mettez le Sénèque de côté. Si rien de meilleur ne se présente, nous donnerons le prix à celui-là... Quelle pitié ! »

Le vieux Béranger ramasse un à un, en soupirant, les précieux ouvrages. Il n'aime pas voir son maître se languir après des chimères. Il était déjà au service de son père, un guerrier uniquement préoccupé de batailles. Les activités du jeune comte de

Montaigu paraissent bien peu viriles en comparaison. Pour le vieux serviteur, il ne fait aucun doute que la mélancolie de son maître a sa source dans les livres dont il s'évertue à remplir les rayons de sa bibliothèque. Comme si la vie était faite de parchemin et d'encre, au lieu de chair et de sang. Si seulement il pouvait prendre femme. Mais Gustave semble y avoir renoncé.

Il n'avait pas vingt ans quand il était tombé amoureux de *la Dame de Pique* comme Béranger a pris l'habitude de la nommer pour éviter de prononcer son nom véritable. *La Dame de Pique* n'avouait pas ses trente ans et traînait tous les cœurs après elle. Celui de Gustave s'y était laissé prendre et déchiqueter. Après l'avoir trouvé joli, cultivé et s'en être amusée pendant près d'une année, la dame s'en est lassée et l'a déclaré encombrant, provincial et grognon.

Le jeune Montaigu est demeuré inconsolable jusqu'à ce que son chagrin cède la place à une méfiance excessive à l'égard de la gent féminine. Il sait bien ce que pense son vieux serviteur et comment il complote parfois avec sa tante pour lui présenter telle ou telle jolie comtesse ou marquise bien dotée, mais il s'en soucie comme d'une guigne.

Il s'approche de la fenêtre ouverte et laisse vaguer son regard au fil de l'onde. Plus loin, en contrebas, le fleuve charrie ses barques de pêcheurs. De l'autre côté, à l'ouest, des lapins folâtrent entre les pattes des vaches des chanoines sur l'île Notre-Dame qu'une simple passerelle de bois relie à la rive gauche. Et en amont, sur la petite île aux vaches, paissent tranquillement quelques mules.

Montaigu écoute le vent dans les feuillages des bouleaux jouer une musique à nulle autre pareille. Il respire l'odeur du foin coupé qui attend devant l'entrée d'être épandu dans la salle commune, et son regard se noie dans le bleu du ciel. Et cette musique, ce parfum, et ce bleu surtout, le ramènent encore à Thomas le Bleu.

Car qui mieux que lui sait évoquer la blonde exhalaison, mélange subtil de poivre de menthe et d'autre chose d'indicible mais que lui saurait dire ? Qui mieux que lui est capable de dépeindre le doux froissé du coquelicot se déployant au premier rayon du jour et l'écarlate incandescence de sa corolle ?

Thomas le Bleu décrit un monde qui paraît plus réel que le réel et Gustave n'en veut plus contempler d'autre. Une fièvre l'a envahi dont il ne veut pas guérir car elle lui est devenue plus précieuse que la vie même. Et il sait que sa quête est juste. Plus juste que le combat qu'il aura à mener lorsqu'il s'armera pour suivre son roi et se croiser encore contre les Sarrasins. Car comment un Dieu unique et immanent pourrait-il vouloir l'incessant affrontement de ses enfants que seuls la langue et les coutumes séparent ? Nombre de ses aïeux avaient trouvé dans ces guerres la mort ou la vie. Certains s'étaient mariés dans cet Orient légendaire dont ils avaient appris la langue. Et c'est grâce à eux que Gustave sait aujourd'hui que, sans les mathématiques, nulle cathédrale ne dresserait aujourd'hui ses tours audacieuses à la conquête du firmament.

« Faut-il donc embrasser une cause qu'on croit impie par simple loyauté ? »

Thomas le Bleu saurait certainement ce qu'il convenait de faire. Pourvu qu'il soit en train de travailler au livre. Pourvu...

Mais Gustave ne sait plus à quel saint adresser sa supplique.

Chercher l'équilibre
celui que nul ne peut ruiner
trouver la couleur juste
pas celle de la nature,
celle qui lui donnera sa puissance exacte
de réalité transfigurée
plus réelle que le réel
le bleu, plus saturé,
le vert, plus dense,
l'orangé, plus doux.
Des heures pour seulement effleurer
la perfection de ce qui est.

Quatorze

Élisabeth a relié le livre d'un vélin aussi vif qu'un ciel de juin et y a inséré un plat de noyer pour rendre le dos plus solide. Elle doit maintenant attendre que la colle sèche avant de calligraphier le titre en lettres d'or. Demain, à l'aube, elle travaillera au frontispice. Bien qu'il figure en tête du livre auquel il donne le ton, la jeune fille a pour habitude de l'exécuter en dernier lieu. Alors seulement il se dégage comme une évidence de l'œuvre.

Puisqu'elle ne peut plus travailler, elle a cédé à sa mère qui la pousse à accompagner Lambert au bal de la Saint-Jean depuis plusieurs jours.

Élisabeth se brosse les mains avec soin et démêle ses cheveux avant d'enfiler sa robe des grandes occasions : légère, en lin bleu soulignée d'une ceinture de cuir rouge façonnée par son père.

Avant de partir, elle prend soin de dissimuler le livre dans la remise au fond du jardin, sous les sacs de graines. Elle est prête juste à temps pour accueillir Lambert. Lui aussi a revêtu ses plus beaux atours et il est à parier que plus d'une fille aura envie de danser avec lui.

« Tu devrais attacher tes cheveux, lui fait-il remarquer, à peine ont-ils fait quelques pas dans la rue.

— Pourquoi ?

— Ce serait plus convenable.

— Nous ne sommes pas mariés que je sache, s'agace Élisabeth, et quand cela serait...

— Qu'entends-tu par *quand cela serait* ? Tu n'oseras tout de même pas, une fois mariée, sortir sans coiffe ?

— Et pourquoi ? Tu n'aimes pas mes cheveux ?

— Si, justement. Je ne veux pas qu'un autre en profite. Et d'ailleurs, l'usage veut...

— L'usage est fait pour les hommes qui n'ont pas confiance en leur femme ! » le coupe-t-elle, se raidissant.

Pourquoi fallait-il toujours que Lambert la contraigne ? Cela ne présageait rien de bon pour un avenir commun. Et les yeux verts de son élégant compagnon étaient peut-être son unique ressemblance avec l'enchanteur Merlin. Mais le verrier prend soudain conscience que leur discussion ne peut qu'entacher ces quelques heures passées en sa compagnie et décide de se taire.

Élisabeth ne le remarque pas, car son attention a été distraite par les amas d'herbes séchées et de fagots qui s'élèvent sur chacune des places traversées. Des joueurs de flûte et de tambourin y traînent à leur suite des grappes de garçons et de filles affamés de danses.

Sur la place de Grève, un immense bûcher a été dressé et de nombreux musiciens s'y sont donné rendez-vous. Vielle, luth, rebec, tambours et cornemuses unissent leurs mélodies dans des airs à danser. Tout autour de la place, vouée au commerce du vin le jour durant, des farandoles se forment spontanément, serpentent entre les arcades, riant et chahutant les promeneurs. Le gai parler des étrangers, clercs pour la plupart, des nations d'Angleterre, de Picardie, ou d'Allemagne, ajoute au tintamarre. Plus loin, des hommes et des femmes déjà festoient à grand renfort de cervoise et de petite bière sur les tables dressées pour l'occasion. En ce jour de solstice, on célèbre la vie, la généreuse nature et le soleil à son zénith.

Peu à peu gagnée par l'allégresse générale, Élisabeth s'aperçoit que les joies simples lui manquaient. En dépit de la fatigue accumulée, la voici bientôt qui danse et rit et se laisse tomber parfois, épuisée, sur un banc avant de se relever pour danser encore. Son cœur se réjouit à la pensée du travail achevé et sa pensée vagabonde vers l'aube.

« Tu t'amuses ? s'inquiète Lambert.

— Oui, ça ne se voit pas ?

— Mmmm… commente son cavalier, dubitatif, avant de déclarer, abrupt : quand nous marierons-nous Élisabeth ?

— Oh, ne mélange pas tout, je t'en prie ! »

Un furtif rictus froisse le visage du verrier qui se reprend aussitôt.

« Viens, approchons-nous du feu. Ils vont l'allumer. »

Le ciel s'est assombri tandis qu'ils dansaient. Il fait presque nuit maintenant. Des hommes, munis de torches, enflamment les fagots de brindilles qui aussitôt s'embrasent et se propagent à l'herbe sèche au cœur du bûcher gigantesque. Le temps d'une respiration et les flammes s'élancent à l'assaut du ciel, disputant leur clarté aux étoiles. Un cri unanime d'allégresse secoue l'assistance et d'un même mouvement, l'éloigne du brasier. Les bourdons carillonnent dans la cathédrale proche et tous les clochers de la ville lui répondent en un gai vacarme.

Lambert prend la main d'Élisabeth et la tire en arrière à l'abri des escarbilles. Il est beau ainsi avec son regard que le feu fait étinceler et plus d'une fille le lui envierait. Mais elle devine qu'il lui demandera d'abandonner son art. Il s'en cache à peine. Et si elle a cru un moment qu'elle pourrait l'en dissuader, désormais elle en doute. Peut-on passer sa vie au côté d'un être qui vous nie ?

« Il doit bien exister quelque part un homme prêt à reconnaître à la femme le droit de s'instruire et de travailler. »

Elle y réfléchira plus tard. Pour l'instant le feu, la joie. Demain le livre, et après-demain, si Dieu le veut, l'aventure, qui sait, l'amour peut-être ?

Élisabeth s'amuse, oublie le frontispice, oublie Perceval, oublie.

Quinze

Lambert est allé chercher de la cervoise à l'intérieur de l'auberge. Élisabeth a hâte qu'il revienne car un groupe d'étudiants chahute à la table voisine et, la croyant seule, multiplie les allusions grivoises à son encontre. Ajoutant à la confusion, une farandole circule le long des bancs et bouscule sans ménagement ceux qui y sont assis. Soudain, une silhouette s'en détache et se laisse tomber près d'elle. Élisabeth recule instinctivement avant de reconnaître son ami.

« Aymon ! Mais n'es-tu pas supposé dormir comme tes semblables à pareille heure, petit moine ?

— Je ne suis pas moine et ne veux pas l'être, tu le sais bien ! lui répond le jeune homme sur un ton excédé qui lui était peu coutumier et dont le vin ou la bière étaient sans doute responsables.

— Oh, très bien, très bien... mais personne ne t'y oblige, je suppose ?

— En dehors de ma famille, personne en effet, mais… suppose que… suppose que je parte, partirais-tu avec moi ? » demande-t-il soudain, abrupt et solennel.

La question surprend la jeune fille au point qu'elle se demande si elle a bien entendu. Mais l'arrivée de Lambert avec trois gobelets la dispense de répondre. Élisabeth boit quelques gorgées qui lui paraissent délicieuses. Et voilà bientôt les deux garçons qui conversent tous les deux, comme riches d'une intimité qu'elle ne soupçonnait pas.

« Comment Lambert savait-il qu'Aymon serait là ? » se demande-t-elle en regardant les trois cervoises.

« Regardez ! » s'écrie le verrier en montrant les flammèches vertes qui dansent aux pointes du brasier.

Il entraîne Élisabeth dans une farandole qui passe. La jeune fille peine à garder son équilibre mais elle est soutenue par ses voisins de gauche et de droite. La danse, le bruit, la foule, son corps qui réclame son tribut de sommeil et la cervoise qu'elle a bue ont raison de ses sens. Des silhouettes la bousculent, armées de crécelles dont le crépitement s'ajoute à celui du feu et au timbre puissant des cornemuses. Tout hurle et tonitrue. Et bientôt, ce ne sont plus que couleurs en mouvement… et

Lambert qui se penche pour l'embrasser et que, dans un sursaut de lucidité, elle repousse.

« Les autres filles de ton âge… proteste-t-il.

— Je ne suis pas les autres les filles de mon âge ! Mais je croyais que tu l'avais compris déjà.

— Tu es impitoyable. Mais je t'aime. Je n'en peux plus d'attendre. Marions-nous avant les premiers frimas. Tu ne peux pas me refuser éternellement.

— Je ne sais pas, dit-elle.

— Et quand sauras-tu ? »

Élisabeth est incapable de lui répondre. Il lui semble que ses idées sont claires et, l'instant d'après, tout devient flou et danse. Les maisons dansent. Le pont danse. Elle danse. Se prend les pieds dans ceux d'un autre danseur, à moins que cet autre danseur ne lui ait fait un croc-en-jambe, c'est difficile à dire dans ce tohu-bohu. Elle tombe. Et avant qu'elle ait eu le temps de se relever, un pied massif lui écrase la main. Par inadvertance ? Elle sent à peine la douleur. Lambert l'aide à se relever, juste le temps d'apercevoir un géant blond qui grimace avant de s'éloigner prestement, sans un mot d'excuse.

« Tu as mal ?

— Non, oui, je ne crois pas.

— Montre-moi, exige le verrier en saisissant sa main. Je ne vois rien. »

« Il a l'air presque déçu », songe Élisabeth que la cervoise toujours embrume. Au même instant, elle aperçoit sur le pont une silhouette, immobile comme une statue triste et qu'elle a d'ailleurs prise d'abord pour une statue. Si immobile qu'elle paraît irréelle dans ce tumulte.

« Qui est-ce ? »

Lambert ne sait pas. S'en fiche pour tout dire. Il hausse les épaules, dédaigneux.

« C'est Gustave de Montaigu », la renseigne Aymon.

Et Élisabeth en est comme brûlée.

Seize

Elle croyait le comte de Montaigu sage et donc vieux. Elle ne l'imaginait pas jeune homme se préparant à partir en croisade pour sans doute y combattre. Elle ne l'imaginait pas. Et voilà qu'il a trente ans au plus, une chevelure sombre ondulant sur l'épaule, et un sourire las qui étire un peu sa bouche. Et quand l'instant d'après il est avalé par la nuit, c'est une autre Élisabeth qui s'affole de sentir son cœur qui palpite comme un animal blessé.

Comme les mots lui sont pauvres pour décrire ce qu'elle ressent, et comme elle a été peu préparée à le ressentir ! Serait-ce l'amour ? Mais comment Dieu pourrait-il permettre que son cœur s'enflamme ainsi sans espoir ?

La douleur réveille la main droite d'Élisabeth qui s'en inquiète car elle n'est plus hantée que d'un désir : parler à Gustave de Montaigu, l'étonner, l'émouvoir. Autant dire : terminer le livre, car c'est le seul moyen. Et il lui faut l'achever avant que sa main ne le lui interdise. Déjà, elle a enflé. Va-t-elle s'en tenir là ? Déjà, elle peut à peine faire se rejoindre le majeur et le pouce. Comment tenir le pinceau ? Il faudrait un onguent, vite !

« Je dois rentrer ! » s'exclame-t-elle en se levant.

Mais la souffrance est si vive qu'elle perd connaissance un instant.

« Ça va. Ça va aller », gémit-elle, héroïque en revenant à elle.

Lambert et Aymon veulent la raccompagner. Laisser une fille se promener seule dans les rues de Paris une nuit où la bière coule à flots, n'est ni prudent ni raisonnable, surtout dans son état.

Le clerc propose un détour par la place Maubert où il connaît un médecin qu'on peut réveiller. À moins qu'il ne soit en train de festoyer lui aussi. Élisabeth se réveille, puis à nouveau s'alanguit. La cervoise a au moins pour effet de tempérer les élancements de sa main blessée. Et la ville autour d'elle se floute et tangue, s'assourdit, ou vocifère, vomissant ses fêtards avinés. Et l'équipage vacille au hasard des ruelles, traverse l'île de la cité et le petit pont, cap au sud.

Quelques lampions, çà et là, s'allient à la lueur des feux pour égayer la nuit, découragent les tire-laine. Sur l'autre rive, une bande de turlupins[1] débouche de la rue de la montagne Sainte-Geneviève et jette des cailloux sur les volets des bourgeois endormis. Des fournils monte l'odeur de levain du pain qu'on pétrit rue de la Huchette.

Parvenus devant une grande bâtisse de torchis, ils font halte.

« C'est là », chuchote Aymon en toquant à la porte.

Deux dormeurs furibonds apparaissent aux fenêtres. Ce n'est pas la première fois qu'on donne du heurtoir cette nuit. Par chance, au troisième coup, c'est le médecin qui ouvre sa fenêtre, et, reconnaissant Aymon, les fait entrer.

Élisabeth reprend conscience tandis que l'homme de science constate les dégâts et, voyant son sourcil froncé, envoie au diable toute prudence sur son secret.

« J'ai un travail urgent à terminer. J'ai juste besoin de quelques heures. Il me faut un onguent puissant.

— Désolé, jeune fille, mais aucun remède, si puissant soit-il, ne permettra à cette main-là d'être en état de travailler avant quatre jours au moins. Demain, c'est dimanche, reposez-vous comme tout le monde. Lundi déjà, vous souffrirez moins. En

1. Turlupins : mauvais plaisants.

attendant, massez-vous avec ce baume qui devrait vous soulager. »

Bouleversée par cette nouvelle, Élisabeth sent le cœur lui manquer à nouveau.

Quelques instants plus tard, les deux garçons frappent plusieurs coups sur la porte de la maison de la rue des Parcheminiers. Dame le Cauélus qui ne dormait pas leur ouvre et s'alarme en voyant la main bandée de sa fille.

« Je t'expliquerai », lui dit Élisabeth afin de se débarrasser au plus vite de ses deux anges gardiens.

Et lorsque sa mère a refermé la porte sur les deux garçons stupéfaits d'être aussi abruptement congédiés, elle ajoute :

« Je t'en prie, aide-moi à monter. Je crois que je vais encore m'évanouir. »

À peine est-elle étendue sur son lit qu'elle sombre aussitôt dans un sommeil sans rêve. Comme on meurt.

Curieux homme que ce Montaigu
qui aime tant les livres
qui aime les livres comme seul un moine peut les aimer
qui aime les livres plus qu'un amant sa maîtresse
et si jeune encore qu'il devait songer plutôt à faire des enfants.

Mais que dis-tu Élisabeth ?

Dix-sept

Les coups de none carillonnent au clocher de l'église Saint-Séverin lorsque Élisabeth s'éveille et prend conscience avec effroi qu'elle dort depuis la veille.

Ses souvenirs lui reviennent par bribes : des maisons qui dansent la sarabande, le goût de la cervoise, sa chute, le géant blond, Gustave de Montaigu, le médecin... Hélas, les cauchemars qui ont hanté sa nuit ne sont pas seulement des cauchemars. Sa main a doublé de volume et la bandelette déroulée pend lamentablement. Impossible de tenir le moindre objet et encore moins d'en faire usage, sans parler des terribles élancements que lui cause chacun de ses mouvements.

La maisonnée s'agite en bas, indifférente à son drame. Coline chante à pleins poumons de sa jolie voix haut perchée. Et bientôt un autre timbre, plus mélodieux encore, se mêle au sien, celui d'Aymon.

La jeune fille se lève, fébrile, s'appuie machinalement sur sa main blessée, réprime un gémissement. Ses pensées se bousculent, urgentes, et toutes martèlent son impuissance à achever le livre, et toutes la ramènent à Montaigu.

Est-il possible que la chance d'une vie se trouve ainsi anéantie par quelques danses et un peu de cervoise ?

Il lui semble qu'un marteau bat contre ses tempes. Elle retrouve dans les plis de sa robe l'onguent remis par le médecin, en étale une couche généreuse, verdâtre, malodorante. S'il ne lui permet pas de tenir le pinceau, peut-être atténuera-t-il sa douleur. Elle descend l'escalier d'un pas lourd. Le silence se fait sur sa mine à son entrée dans la salle commune.

« Pourquoi personne ne m'a-t-il réveillée ? Pourquoi n'avez-vous pas poussé tous ces cris plus tôt ou bien jamais ?

— Mais je ne crie pas, je chante, proteste Coline.

— Oh ! là là ! quelle horreur ! se moque Bertrade, en regardant sa main. Voilà ce qu'il en coûte de boire trop de cervoise ! On dirait une... on dirait une... »

Mais elle ne trouve pas les mots pour décrire la difformité de sa sœur et Dame le Cauélus met un doigt sur ses lèvres pour lui intimer de se taire.

« Je suis passé voir comment tu allais », dit Aymon, soucieux à la fois de briser le silence et de justifier sa présence.

Élisabeth grogne quelques paroles indistinctes en plongeant un gobelet dans le seau d'eau fraîche.

Dans trois heures, les six coups des vêpres clameront qu'il est temps de remettre les derniers manuscrits et le sien ne sera pas prêt. Demain, Gustave de Montaigu offrira les cent cinquante livres d'argent au vainqueur qui fera avec lui le voyage de Jérusalem. Hier encore, elle pensait pouvoir être ce vainqueur.

« Tu as mal ? lui demande sa mère en poussant Félix et sa toupie dehors tandis qu'à l'autre bout de la pièce, Bertrade et Coline devisent à voix basse en pouffant.

— Hum... oui, mais ce n'est pas le pire.

— La fatigue, tente Aymon. Et la cervoise... »

Il laisse sa phrase en suspens, découragé par une moue d'Élisabeth qui jette de sa main valide quelques feuilles de menthe dans un pot d'eau bouillante. La menthe rend les idées plus claires et celles de la jeune fille sont si nuageuses qu'elle ne parvient qu'à ressasser les souvenirs de la nuit.

La cervoise était forte, oui. Inexplicablement, en ce jour de fête où les aubergistes ont plutôt tendance à l'allonger.

Aymon, étrangement silencieux, hésite sur la conduite à tenir sans se résoudre ni à prendre congé, ni à s'asseoir.

Élisabeth le regarde, boit quelques gorgées de tisane brûlante, et se remémore ses surprenantes paroles. « Et si je partais, partirais-tu avec moi ? » Pourquoi Aymon les avait-il rejoints ? Était-ce simple coïncidence ? Il lui semble que Lambert et lui s'entendaient comme larrons en foire, or il n'est pas caractères plus dissemblables que ces deux-là. Et si Aymon voulait partir avec elle, quel intérêt avait-il à s'entendre avec Lambert ? Quelle étrange et désastreuse soirée. Si seulement ce maladroit ne l'avait pas bousculée...

Elle fouille encore son souvenir et en retire quelques images de ses pieds se prenant dans quelque chose... les pieds d'un autre ? Et aussi celles de ce géant blond qui lui écrase la main et grimace comme s'il était désolé, mais ne se souciant pas pour autant s'il lui a fait mal.

« Je vous laisse, décide enfin Aymon.

— Oh non ! Reste dîner avec nous ! proteste Coline.

— Oui, reste un peu, renchérit Élisabeth, j'ai besoin que tu m'éclaires. »

Et se rapprochant du novice, elle plante son regard dans le sien.

« Comment nous as-tu retrouvés hier ?

— Mais… par hasard.

— Lambert est revenu avec trois cervoises. Il savait que tu nous rejoindrais. Depuis quand êtes-vous intimes ?

— Nous nous sommes rencontrés deux ou trois fois, mais je t'assure que…

— Qu'as-tu comploté avec lui ?

— Mais rien ! dit Aymon en se levant brusquement. Je n'aime pas ce type si tu veux le savoir. Je n'aime pas sa façon de te contraindre et de s'imaginer qu'il pourrait être un bon époux !

— Parce que toi, tu le pourrais, Aymon ? Toi, tu pourrais être un bon époux ?

— Élisabeth ! intervient Dame le Cauélus qui trouve que sa fille exagère.

— Oui, je le pourrais », répond néanmoins dans un souffle et contre toute attente, le jeune clerc.

Bertrade et Coline, outrées, ne peuvent retenir un *oh* d'indignation tandis qu'au même instant, Élisabeth se souvient où elle a déjà vu le géant blond.

DIX-HUIT

Élisabeth a refait son pansement et se dirige vers le chantier cathédrale.

La Seine ondule, verte et argentée, poussant sa fraîcheur le long des berges ombreuses où quelques pêcheurs s'appliquent dans l'après-midi blond.

Devant la façade de la basilique, des cochons se disputent les restes des pains mal cuits qu'on a vendus au rabais ce matin à l'usage des animaux et des miséreux. Encore quelques foulées et elle a rejoint les ateliers adossés à l'édifice, déserts pour la plupart en ce jour de repos dominical.

Dans la fraîcheur de la nef, des voyageurs dorment encore, sans doute d'avoir trop bu et dansé la veille. La jeune fille ressort par la chapelle absidiale nord encore en construction. Là, contre le mur de pierre, quelques masures abritent les manœuvres du chantier qui n'ont que peu d'argent pour se loger.

C'est là que vit Gillot le Simple. Et c'est là qu'elle le trouve, assis sous une fenêtre, les yeux fermés, offrant son visage à la caresse du soleil. Lorsque l'ombre d'Élisabeth assombrit ses paupières, il ouvre les yeux, ne la reconnaît pas tout de suite, sourit. Puis, apercevant sa main, comprend et tente aussitôt l'esquive. Mais la jeune fille décidée se met en travers de son chemin et tout géant qu'il est, il n'est plus qu'un enfant qui a peur parce qu'il se sent coupable.

« Pourquoi as-tu fais ça ? »

Gillot secoue la tête, au bord des larmes. Ce n'est pas lui, ou presque pas, c'est ce qu'il veut lui faire comprendre.

« Ce n'était pas exprès ?

— Non. Oui. Non !... oui.

— Quelqu'un t'a demandé de le faire, c'est ça ? »

Il acquiesce. Elle le pousse dans ses retranchements, obtient de lui qu'il la conduise à son commanditaire. Mais elle sait déjà qu'ils n'iront pas loin. Lambert passe tous les dimanches après-midi à son atelier pour préparer le travail de la semaine.

Bien avant qu'il ait conscience des deux silhouettes qui se déplacent dans son paysage, Élisabeth le voit qui s'affaire à trier des plaques de verre de différentes couleurs. Ayant accompli ce qu'on attend de lui, Gillot le Simple implore du regard la permission de s'éclipser que la jeune fille lui accorde de la même manière.

Lambert le voit s'enfuir en même temps qu'Élisabeth s'encadre dans la porte, et il devine sans mal la raison de sa présence.

« Pourquoi ? » est d'ailleurs l'unique question de la jeune fille.

« Thomas le Bleu a relevé le défi de Montaigu, répond-il, lugubre.

— Et alors ?

— Je ne veux pas que tu travailles, je te l'ai dit. Je gagne assez pour deux.

— Tu ne veux pas que je travaille ? Et c'est là ta justification ? Comment as-tu pu oser ? Que dirais-tu si je donnais un coup de pied dans... dans ceci ? demande-t-elle, esquissant un mouvement vers un vitrail presque achevé représentant saint Georges terrassant le dragon. Que dirais-tu si je blessais ta main droite avec ça ? » ajoute-t-elle, blanche de colère, en s'emparant de la pointe qui lui sert à découper le verre.

Lambert pâlit, mais ne bouge pas.

« Et la lettre de menace glissée sous ma porte ? C'est toi ? Et l'in-octavo brûlé ? »

Le verrier secoue la tête, vaincu.

« Et comment savais-tu que j'utilise la garance ?

— J'ai vu un livre chez le maître d'œuvre. C'est lui qui m'a appris que seule la garance pouvait donner cette nuance de rouge. J'ai remarqué que Thomas le Bleu l'utilisait beaucoup et que cela le gênerait s'il venait à en manquer. »

Élisabeth arpente nerveusement l'atelier. Lambert n'ose plus parler ni même bouger. Il lui semble que le moindre mouvement va la chasser à jamais de sa vie. Il sait que sa conduite est injustifiable. Il comptait évidemment que la jeune fille n'apprendrait jamais le rôle qu'il avait joué dans son échec. Il l'aurait consolée, lui aurait parlé mariage et maison à décorer. Il en avait trouvé une justement, au bord du fleuve et voulait lui en faire la surprise. Mais à présent qu'elle a tout deviné, son rêve se meurt devant lui qui ne peut qu'assister, impuissant, à ses derniers soubresauts.

« Ce que tu as fait est irrémédiable, je suppose que tu en es conscient ? Sans compter que ces cent cinquante livres auraient mis ma famille à l'abri du besoin. »

Cet argument, curieusement, ramène un peu d'espoir dans le cœur du jeune homme.

« Je te jure de pourvoir à tous ses besoins si tu m'épouses ! Je t'aime Élisabeth !

— Comment oses-tu parler d'amour quand tu ne fais que détruire et contraindre ? Et comment pourrais-je aimer un homme qui me veut autre que je ne suis ? Tu ne m'aimes pas Lambert. Tu aimes l'idée que tu t'es fait de moi. Oublie-la vite, cette

Élisabeth-là, car elle n'existe pas ! Elle ne vit nulle part ailleurs que dans ton imagination ! »

Et elle claque derrière elle la porte de l'atelier à grand bruit avant de se dissoudre dans la brume dorée de l'été.

Dix-neuf

Des enfants jouent à la pointe de l'île à faire des ricochets sur l'eau et des couples d'amoureux folâtrent à l'ombre des saules. Élisabeth, bouleversée, est descendue sur la berge et chemine à présent sous les murailles qui longent la Sainte Chapelle. La lumière faite sur les événements n'amoindrit pas le désastre. Sauf à aller voir le comte de Montaigu pour lui conter toute l'histoire, ce qui serait mesquin.

Un chien errant s'est attaché à ses pas. Il s'en va et revient avant de repartir encore, affairé, le long de la rivière. C'est une journée paisible du début de l'été. Une journée qui aurait pu être l'une des plus belles de sa vie. À présent, il ne lui reste qu'à assister à la remise du prix au vainqueur, Wallet de Senlis probablement. En aura-t-elle la force ?

Élisabeth est rentrée dans sa maison de la rue des Parcheminiers et, comme Gillot le Simple un peu plus tôt, elle s'est assise dans le jardin, elle a fermé les paupières, et elle est demeurée immobile. Longtemps. Quand elle a rouvert les yeux, elle a contemplé sa main, si monstrueuse qu'elle en était grotesque. Et toute sa colère pour Lambert a fondu, et toute la tension accumulée s'est relâchée. Alors elle s'est mise à pleurer. Et ses larmes, en séchant au soleil, ont tracé des chemins salés.

Le lendemain, place du Port Saint-Landry une foule bariolée et jacassante emplit la majeure partie de l'espace vacant entre les maisons et la digue. Tous les enlumineurs de Paris sont présents ainsi que les copistes, les maîtres de l'université, le Mayeur et bien sûr, çà et là en lisière, des bandes de moineaux des rues tout prêts à profiter du spectacle et à tirer à l'occasion quelques bourses.

Lorsque Gustave de Montaigu paraît, son visage grave, presque triste, est habité par ce sourire las qu'Élisabeth lui a vu l'avant-veille. Il n'est pas heureux, cela se voit, s'entend. Il prononce quelques mots qui sonnent faux disant son honneur de récompenser le meilleur des livres et ajoutant cette nuance *parmi ceux qui lui ont été remis*. Puis, après avoir accolé Wallet de Senlis, il échange avec lui quelques phrases qu'Élisabeth n'entend pas et les applaudissements fusent. La poitrine de la jeune fille se contracte, mais désormais ses yeux sont secs.

Si elle pouvait lire dans la pensée du vainqueur, elle saurait qu'en dépit de la récompense et de l'ovation, il n'est guère plus satisfait. Elle saurait que le premier instant de gloire passé, l'enlumineur n'a plus ressenti que l'amertume. Thomas le Bleu n'ayant pas concouru, sa victoire en est comme ombragée. Il tient la bourse de cuir contenant les cent cinquante livres d'argent du bout des doigts, presque avec dégoût. Il sait déjà qu'il en fera don au monastère. Qu'en ferait-il lui-même ? L'argent, il n'en a jamais manqué. C'était la gloire qu'il voulait. Or, ce qu'Élisabeth ignore, c'est que Montaigu l'a informé qu'il n'avait pas l'intention de lui commander un quelconque ouvrage avant longtemps. Il partait rejoindre son roi et aviserait à son retour. Mais quand reviendrait-il ? Dans six mois, dans un an, dans cinq ? Jamais ?

Voilà ce qu'Élisabeth apprendrait si elle pouvait lire les pensées de Wallet de Senlis.

Si elle était plus attentive, elle verrait aussi que le jeune clerc la fixe depuis quelques instants, s'attachant à comprendre pourquoi l'iris sombre de cette jeune fille pâle et frêle lui paraît familier.

Élisabeth s'en veut de l'avoir soupçonné. Mais elle en a assez entendu, assez supporté aujourd'hui. À chaque jour suffit sa douleur. Elle prend la fuite au moment où la mémoire de Wallet s'éclaircit et où il se souvient à qui le fait penser cette jeune fille pâle et frêle. C'est le double féminin de Thomas le Bleu.

Mais trop tard. La voilà évanouie dans la foule.

Vingt

Gustave de Montaigu a remis le prix à Wallet de Senlis.

Le jeune moine avait choisi d'enluminer un commentaire d'Albert le Grand sur Averroès. Choix excellent qui situait l'artiste parmi les érudits de son temps. Le copiste avait transcrit fidèlement la parole du maître, ce qu'on pouvait considérer à la fois comme sa plus grande qualité et comme son principal défaut. Les illustrations sont remarquables. Le trait en est fin, assuré, les couleurs chatoyantes, harmonieuses, et l'humour dans le choix des compositions, manifeste. Le tout est d'un très bon enlumineur. Et cependant, Montaigu est dépité.

Tout au long de ces mois écoulés, il a pensé à ce moment merveilleux où il découvrirait le livre de Thomas le Bleu. Sans doute sa décision était-elle arrêtée à l'avance et sans doute cela était injuste.

Mais il était prêt à se laisser surprendre. Ce que n'avait pas su faire Wallet de Senlis.

Après avoir expédié les politesses d'usage et laissé le soin au fidèle Béranger d'offrir une collation aux notables, le comte s'en est allé marcher au hasard des ruelles dans l'espoir d'y abandonner un peu de sa mélancolie. Il chemine lentement, désœuvré. Mais bientôt, malgré lui, ses pas s'animent du désir secret de rejoindre la rue des Escrivains dans l'espoir d'y apercevoir... mais non, cela est vain, il lui faut s'y résoudre.

Une question le hante et le tourmente comme un chagrin d'amour : pourquoi Thomas le Bleu n'a-t-il pas relevé son défi ?

Montaigu traverse la place du Fouarre où Albert le Grand donne ses cours à des étudiants passionnés. La renommée de ce maître de théologie n'est plus à faire. Les nombreuses mottes de foin servant de siège témoignent d'un large auditoire, et si la légende le prétend alchimiste et même parfois, magicien, la vérité est qu'il est avant tout un grand penseur. Gustave se trouvait dans l'assistance un jour où le maître commentait Aristote. Son souvenir est encore vif de l'échange qu'il avait eu ensuite dans une taverne misérable autour d'un pichet de petite bière, avec un Italien du nom de Tommaso d'Aquino. Ce jeune Italien avait un singulier point de vue sur le bonheur qui, selon lui, était le but ultime de tout homme. Charmé par sa vision de l'existence, Montaigu l'avait assuré qu'il trouverait chez lui le gîte et le couvert chaque fois qu'il séjournerait à Paris.

Mais la rue des Escrivains est désertée par ses copistes en ce dimanche de juin où tous ont préféré s'ébattre dans les vergers du Marais ou les collines environnantes. Dans la rue des Parcheminiers le jeune comte interroge les fenêtres et les pénombres silencieuses où bruissent des conversations feutrées.

Une des légendes colportées sur Thomas le Bleu ne prétend-elle pas qu'il demeure dans une de ces maisons malodorantes empestant la peau macérant dans la chaux ? L'une d'elles, sombre et simple, sans un encorbellement pour ombrer son étal, attire le regard du comte. *Thomas le Cauélus* peut-on lire sur l'enseigne défraîchie qui surplombe la porte en bois bruni par les ans.

Une jeune fille surgit dans l'embrasure d'une fenêtre au premier étage, le temps d'une respiration ensoleillée, tout aussi soudainement reprise par le mystère de l'ombre. Étrange élégance de cette fille du peuple, pâle et élancée dans sa robe de lin bleu délavé et cependant aussi lumineuse que *la Dame de Pique* était obscure et vénéneuse. Recluse, quand tous les jeunes gens de son âge se baignent en amont du fleuve ou badinent dans les prés embaumés.

Étrange aussi, l'instant qui suit cette fugitive apparition et voit renaître l'espoir dans son âme.

Après tout, tôt ou tard, Thomas le Bleu viendrait porter au libraire Lombardus une de ses œuvres. Il suffisait de prévenir le libraire qu'il achèterait désormais tous ses livres et de guetter. L'enlumineur n'avait pas relevé le défi, soit. Mais peut-être en avait-il été empêché ? Et demain, dans trois ans, dans dix ans, Gustave de Montaigu retrouverait Thomas le Bleu.

« Seuls ceux qui poursuivent leur but sans faillir, réussissent », songe-t-il en gravissant le chemin frayé parmi les vignes de la montagne Sainte-Geneviève.

Le comte parvient un peu essoufflé au sommet. Des rires d'enfants grelottent quelque part sur les pentes, se mêlent au chant d'un coq lointain et un frais désir de bonheur vient débroussailler le chemin de son cœur : celui de Tommaso d'Aquino, *le but ultime de tout homme* ?

Faire durer l'instant parfait, le trait exact,
le mot juste
mais rien n'est immobile
ni la pierre, rien
rien ne dure
ni ce livre, qui un jour tombera en poussière et
nourrira peut-être
un papillon aux ailes chamarrées.
Son reflet dans les yeux d'un enfant
deviendra semence d'éternité.

Vingt et un

Élisabeth a dormi pendant deux jours, et ce matin, les premières clartés de l'aurore l'ont réveillée et l'ont poussée vers la montagne Sainte-Geneviève. Elle a gravi le sentier et s'est assise au point le plus haut de la colline afin de contempler l'instant où le soleil pousse sa coque orangée contre l'horizon mauve.

Deux jeunes lièvres batifolent, insouciants, dans les sillons, et un coq laborieux chante prime[1] avant l'heure.

C'est la première fois qu'Élisabeth, contrainte à l'immobilité, ne peut ni prendre part au travail familial, ni copier, ni enluminer et qu'elle n'en a d'ailleurs pas la moindre envie. Son envie la plus fervente, c'est de parler à son père, de lui confier son désarroi, ses doutes. Qui, mieux que lui, pour-

1. Prime : 6 heures.

rait lui dire ce qu'elle doit faire de sa vie, si triste désormais ? Qui mieux que lui pourrait la consoler d'avoir échoué ? Mais comment les morts pourraient-ils nous guider, même ceux que nous avons tant aimés ? Même ceux qui ont laissé un vide que rien ne peut combler ?

À la mort de Thomas le Cauélus, Élisabeth s'est réfugiée dans son art pour oublier l'absence. Elle a usé son temps et ses forces à ne plus penser à lui et elle n'a pensé qu'à lui, lui a dédié chacun de ses actes. Le souvenir de sa présence est encore si vif aujourd'hui, qu'elle a souvent l'impression qu'il se tient au plus sombre de son atelier, guidant son geste, son inspiration.

Le merle déploie son hymne au jour naissant. Le ciel rosit déjà, puis très vite, se mordore et s'enflamme. Les coulées vermeilles qui ensanglantent l'aube ramènent Perceval dans la pensée d'Élisabeth. Elle se demande si le sang et la neige n'ont pas guidé plus sûrement le chevalier au cœur pur qu'aucune lance enflammée, et si le Graal ne serait pas simplement l'intense contemplation de l'amour. Encore une chose dont elle aurait aimé parler avec son père.

Elle a vu Montaigu dans la ruelle. Elle était à la fenêtre lorsqu'il a levé les yeux. Et cette seconde apparition, tout autant que la première, l'a embrasée. Elle s'est hâtée de se rencogner dans l'ombre tandis qu'il s'éloignait d'un pas indécis et rêveur. Que cherchait-il ?

Ne pas y songer.

Montaigu va partir. Pour longtemps. Il reviendra peut-être, et peut-être sera-t-il marié. Mais ça n'a plus d'importance désormais et Élisabeth en est étrangement soulagée.

Au flanc de la montagne, dans les rues désertes, tout paraît dormir encore, à l'exception de quelques artisans matinaux qui font le propre sous leurs auvents.

Tous les clochers s'accordent un instant pour sonner prime et tout retombe dans le silence. Mais voilà qu'on ouvre les portes de Paris et peu à peu, le bruit monte des ruelles. Les colporteurs envahissent les porches, dressent leurs étals, se disputent, vocifèrent, les charrettes martèlent le pavé, le vacarme quotidien s'installe.

Élisabeth regarde sa main qui a désenflé. Elle peut bouger les doigts. Pas encore assez pour œuvrer avec précision, mais suffisamment pour rendre des services à la parcheminerie. Il est plus que temps de se remettre au travail.

VINGT-DEUX

Jamais Dame le Cauélus n'a douté que Thomas le Bleu répondrait à l'appel du comte de Montaigu. C'est en rectifiant machinalement l'alignement des sacs de graines dans la remise qu'elle a découvert le livre, l'a ouvert, en a tourné les pages. Élisabeth n'avait pas pu le terminer à temps, soit, mais une telle œuvre ne pouvait demeurer ignorée de celui qui l'avait suscitée. Or, sa fille dormait depuis tout un jour, aussi indifférente à son travail qu'à une mue abandonnée sur son chemin. Elle refuserait de montrer son livre inachevé, mais Dame le Cauélus connaît assez les foudres d'Élisabeth pour ne plus les redouter.

Elle décide de se passer de son consentement.

Montaigu, maussade après une nuit sans sommeil, fronce le sourcil en voyant cette femme se jeter à ses pieds car il n'est pas d'humeur. Il prie Béranger de s'en occuper, de lui donner ce qu'elle veut. Mais elle ne veut rien, qu'offrir le travail de sa fille, inachevé, en échange d'un peu d'attention. Béranger promet, bien qu'il sache combien il lui sera difficile de tenir sa promesse face à ce maître ombrageux et déterminé. D'autant que Montaigu est jeune encore, mais pas assez pour ignorer que les mères voient souvent leur progéniture comme des merveilles du monde. Il n'y a aucune raison pour que celle-ci fasse exception à la règle et il a d'autres chats à fouetter.

Pour se remettre de son dépit, il prépare son départ pour la croisade. Il réunit ses gens, donne ses instructions pour le temps de son absence, passe saluer quelques notables, bref, il s'agite. Il n'a que faire d'un énième manuscrit sur sa désillusion.

Béranger insiste cependant, et le soir du deuxième jour, le comte daigne enfin y jeter un œil, s'installe à la table où il rédige son courrier, et à la lueur d'une lampe à huile, entame sa lecture. À peine a-t-il ouvert le livre que le feu l'empourpre. Fébrile, il découvre le premier beatus, reconnaît la patte, le bleu, le style. Et le jour bientôt remplace la faible lueur orangée et inonde de sa lumière Perceval, debout dans le paysage enneigé, qui contemple le sang dans la neige.

« Tout à cette pensée, il s'en oublie lui-même.
Pareille était sur son visage

cette touche de vermeil, disposée sur le blanc,
à ce qu'étaient ces trois gouttes de sang,
apparues sur la neige blanche.
Il n'était plus que regard. »

Et Gustave de Montaigu n'est plus que regard.

L'ouvrage n'est pas signé puisqu'il est inachevé, mais le doute n'est pas possible. Le comte se précipite, réveille son vieux serviteur, le houspille sans ménagement.

« C'est un livre de Thomas le Bleu, et tu ne me disais rien ! Qui l'a apporté ?

— Une femme... marmonne Béranger en enfilant ses chausses.

— À quoi ressemblait-elle ? A-t-elle dit où elle habitait ?

— Parcheminiers... Cauélus... grogne le vieux en passant sa chemise.

— Rue des Parcheminiers ? Le Cauélus ? Que dis-tu ? Thomas le Bleu, sa fille ? »

Et sans attendre, il selle lui-même son cheval et le lance au grand trot sur le pavé.

Thomas le Bleu, rue des Parcheminiers, une bâtisse sombre à l'enseigne de « Thomas le Cauélus », une silhouette bleue délavée aperçue...

VINGT-TROIS

« Élisabeth, tu me la prêtes ? » supplie Bertrade qui a posé devant elle la robe que portait sa sœur pour la Saint-Jean et virevolte afin de lui prouver qu'elle est faite pour elle.

« Oh, dis oui s'il-te-plaît, Élisabeth ! Maman me permet d'aller danser dimanche à la Contrescarpe !

— De bon cœur, répond son aînée, et autant que tu voudras, car je n'irai pas danser de sitôt.

— Merci, merci ! » s'exalte Bertrade indifférente au malheur qui fait son bonheur, et déposant un baiser furtif sur la joue de son aînée.

Élisabeth a répondu sans interrompre le lustrage d'un cuir déjà si fin et si blanc que chaque passage du polissoir menace de le déchirer. Elle essuie régulièrement de sa manche la sueur qui coule sur ses tempes, et son dos est trempé.

À l'autre bout de l'atelier, Dame le Cauélus talque les peaux en provenance de la tannerie. Elle est heureuse que sa fille soit parvenue à surmonter son dépit, et elle est aussi résignée : Élisabeth ne fera jamais rien avec modération, il lui faut s'y résoudre.

Soudain, un bruit de sabots claque sur le pavé. L'instant d'après, on donne déjà du marteau contre la porte. Pour la forme, car la porte est ouverte.

Le cœur de Dame le Cauélus s'emballe comme celui d'une jeune fille. Depuis qu'elle a porté le manuscrit, elle espère cette visite et prie pour qu'elle advienne. Elle suspend son geste et se fige, bientôt imitée par Bertrade et Coline qui demeurent bouche-bée en découvrant l'inopiné visiteur qui a franchi le seuil.

Seule Élisabeth, accaparée par l'ouvrage, n'a ni relevé la tête ni cessé son va-et-vient régulier, jusqu'au moment où la profondeur du silence vient la troubler. Montaigu la regarde, étonné, suer et ahaner sur le vélin pâle. *Est-ce donc là Thomas le Bleu ?*

Évidemment, c'est Thomas le Bleu ! Qui d'autre ferait preuve d'un si sauvage acharnement à blanchir ce qui l'est déjà ?

« Thomas le Bleu me fera-t-il l'honneur de m'accompagner dans mon voyage ? » dit-il alors, profanant la paix insolite de l'atelier.

Élisabeth se redresse enfin, vivement, et dévisage leur visiteur, puis sa mère qui baisse les yeux. Elle comprend tout.

Elle en a le souffle coupé.

Elle éponge son front et l'allégresse envahit son cœur telle une vague, si énorme, que les mots, impuissants à la dire, s'anéantissent.

« Vous allez venir, n'est-ce pas ? insiste le comte. J'ai besoin de votre talent pour m'aider à témoigner. Il nous faudra... »

Des larmes de bonheur perlent aux yeux d'Élisabeth qui se délecte de ses mots – surtout le *nous* – comme d'un met rare dont on veut prolonger la saveur.

Félix alors surgit et émet un long sifflement en voyant le pourpoint grenat du comte.

« Est-ce que c'est le roi ? demande-t-il.

— Non, s'amuse Montaigu, rien qu'un comte qui souhaite emmener votre sœur faire un grand voyage.

— Elle a de la chance », soupire Bertrade qui, après avoir tant souhaité le départ d'Élisabeth, devine soudain qu'elle pourrait lui manquer, en même temps qu'elle sent renaître la jalousie que la promesse de la robe avait endormie.

« Il faut partir après-demain, dit encore Montaigu pour meubler le radieux silence de la jeune copiste.

— Mais... nous reviendrons, n'est-ce pas ? s'enquiert enfin la jeune artiste.

— Si Dieu le veut, oui. Et d'ici là, nous veillerons à ce que votre famille ait tout ce qu'il lui faut. »

Montaigu dit encore deux ou trois choses qu'Élisabeth écoute à peine tant elle a de nouveauté à savourer, et il s'en va.

Et la jeune fille demeure figée dans l'extase de ce précieux moment dont, ni Félix qui s'est remis à jouer avec son cerceau, ni Bertrade ou Coline qui l'assaillent de futiles questions, ne parviennent à la détourner. Car la joie coule, ardente, dans ses veines et le bonheur la submerge. *Le but ultime de toute femme* ?

Je marche
j'écrase sans le savoir mille insectes besogneux :
le mal ?
Je cesse de marcher :
le bien ?
Mais le chaud ne devient pas froid soudain
et le bien prend son temps pour devenir mal.
Ici, la douleur du monde
et là
la joie d'être
et les mots,
pour célébrer la vie.
Sur le fil : l'équilibre
exigeant et fragile
la force
de croire le bonheur possible
et les hommes, de bonne volonté.

Martine Pouchain

Née d'un père artisan et d'une mère « femme d'artisan », Martine Pouchain n'est pas *tombée dans la potion* quand elle était petite. Elle n'a cependant jamais cessé d'écrire : journaux intimes, rédactions scolaires, lettres, vagues poèmes... Et puis Bac + 0 en poche la voilà devenue vendeuse, caissière, brocanteuse, secrétaire, au gré des opportunités.

Autodidacte donc, illégitime presque. Et une culture arlequine virevoltant d'admiration en éblouissements et de Baudelaire à Giono, de Colette à Céline, en passant par Faulkner, Dostoïevski, Marquez, Pouchkine et tant d'autres.

En 2000, un premier roman envoyé par la poste paraît chez Gallimard.

Une quinzaine d'autres suivront, dont *La couleur du crime* et *Amour sorcier*, tous deux publiés chez Flammarion.

Bibliographie sélective :

Meurtres à la cathédrale, Gallimard, 2000
Chevalier B., Sarbacane, 2007
Les Ostrogoths, 400 coups, 2007
Un hanneton dans le plafond, Nathan, 2008
Amour sorcier, Flammarion, 2009
La ballade de Sean Hopper, Sarbacane, 2010

Daphné Collignon

L'illustratrice de la couverture : « Je suis née à Lyon en 1977, avant de passer les cinq premières années de ma vie sous le soleil d'Afrique. Petite fille, je passais mon temps à bouquiner et à suivre mes séries préférées à la télé... Plus tard, j'ai dû copier quelques centaines de fois "Je ne dessinerai plus en cours" pour des professeurs consternés par mon insubordination. C'est donc assez naturellement que j'ai fini par vouloir dessiner moi aussi "pour de vrai", pour des enfants, dans des livres, comme tant d'autres l'avaient fait pour moi – et montrer à mes anciens profs de quel bois je me chauffais, non mais ! »

Daphné Collignon vit aujourd'hui au Maroc, où elle est professeur d'illustration et partage son temps entre expositions de peintures, illustrations pour la jeunesse, et le studio de dessins animés dans lequel elle travaille.

Table

Imprimé à Barcelone par:

BLACK PRINT

Mise en page par Meta-systems
59100 Roubaix

N° édition : L.01EJEN000414.C002
Dépôt légal : avril 2011
Loi n° 49-956 du 16 juillet 1949
sur les publications destinées à la jeunesse